河出文庫

半自叙伝

古井由吉

河出書房新社

半自叙伝　目次

半自叙伝

Ⅰ　半自叙伝

戦災下の幼年

息をせずに生まれてきた。医者に両足をつかまれてさかさまに吊り下げられ、背中をピシャピシャと叩かれてようやく、不承不承のように、情けない産声《うぶごえ》をあげたそうだ。昭和十二年の晩秋のこと、一女三男の、その末になる。

震災前とか震災後とか、関東大震災のことを大人たちが口にするのを、幼い内からよく耳にしていた。その大震災後の、昭和の初めに、都心のほうから郊外へ移り住む人のために、また、ひきつづき東京に流入してくる人のために、西の郊外の電鉄の沿線に、関西の阪急沿線に倣って、いささかハイカラな新住宅地があちこち開発された、と後年になって知らされた。私の家はすこしもハイカラでなかったけれど、言われてみれば、私も大正の東京流入者の二世、そして昭和の沿線郊外っ子の、ハシリであった。その私の「故郷《ふるさと》」も、出来たときにはさぞや年寄りたちの微苦笑ならぬ微顰蹙《ひんしゅく》を買ったことだろうが、開発されてからわずか二十年足らずで、空襲に焼き払われ、ひとまず御破算になった。

　もしもあの年に満で八歳にもならなかった私が空襲で死んでいたとしたら、それは生殺《なま》しから、なぶり殺しに近いものではなかったか、と今でも思われることがある。恐怖は何カ月もかけて、私の住まう地域にじわじわと寄ってきた。昭和二十年一月末の、銀座や有楽町を襲った白昼の爆撃は恐怖を覚えさせたが、あれは都心だから狙われたのだ、と郊外の人間はまだ思うことができた。二月末の大雪の中の、やはり昼間の空襲は神田日本橋から、上野、浅草にかけてひろく焼いて、焦土作戦を告げていたが、私のところでは、押入れの前に蒲団を積んだそのうしろへ、空の騒がしい間だけ隠れて、家の外に出もしなかった。しかしそれからわずか半月ばかり後の、三月九日の夜半から十日未明にかけて、十万の人命を奪った本所深川の大空襲は、そこから西南へはるかに隔たった私の地域では空に満ちた敵機の爆音にやがて赤く焼けた空を不気味に眺めただけで、無事には変わりがなかったが、その後、下町の惨状が伝わってくるにつれて、空襲というものにたいする観念、考えが一変した。

　たとえば、空襲のまださほど切迫していなかった頃に、町内で防空演習なるものがおこなわれた。どこかで発煙筒が焚かれる。大きな空缶などを叩き鳴らして急が報らされる。バケツの水やら砂袋を手に手に人が駆けつける。発煙筒がとうに消えた後も、バケツリレーは続けられた。どこかの家に火が移ったと見立てて、長い柄の先端に嘴《くちばし》の形の刃のついた鳶口《とびぐち》というもので、燃える材を掻き落とす。おなじく長い柄の先端につけた荒縄のハタキに水をふくませて、それでもって火炎を叩きまくる。怪我人を担架で運ぶ。運ばれる者が照れていると、重傷者は笑わないでください、と叱声が飛ぶ。

これを要するに、敵がこちらを目指して攻めこんでくるのを、一丸となって叩くという、古来の「戦闘」の想定である。ところが実際にやって来たのは、空一面にひろがって寄せ、ひろくあまねく焼き尽すという、高度に組織化された殲滅《せんめつ》戦だった。これを前にしては住民たちの防空の抵抗は無意味どころか、ほとんど非現実になる。いきなり露呈した非現実というものも恐ろしい。三月十日の本所深川方面の大空襲の犠牲者たちの中には、外傷ひとつなしに息絶えていた人もすくなくなかった、という噂も伝わってきた。大火のために酸素がなくなって、そのための窒息死だと言われた。

それ以来、明日は我が身か、とさすがに郊外の住民たちも待ち受けていると、しばらくはおおよそ無事の日々が続いて、郊外は焼かぬつもりかと望みをつなぎかけた頃、敵はやはり大挙してやって来て、四月十三日の夜半には東京の北西部が、十五日の夜半には西南部が、それぞれひろく焼き払われ、十五日の空襲は私の住まう界隈にかなり近くまで迫り、私のところでも次の瞬間には防空壕を飛び出して走る構えで、上空を低く通る敵機の爆音に刻々と耳をやっていた。

これで郊外も容赦されないとわかった。しかしそれからまた奇妙な平穏が続いた。敵はいよいよ沖縄攻略にかかり、空襲は西国のほうへ移っていたらしい。それに四月の下旬から東京では梅雨のような天候になり、とくに五月に入ってからは雨天曇天が続いて、気温もあがらない。たまに晴れても敵は来ない。けだるいような平穏だった。食糧不足による栄養不良がからだに来ていたのだろう。学校のほうも、私の兄たちをふくめて大半が前年から疎開に出ていたその上に、登校しても警戒警報のサイレンが鳴れば家に帰されるので、ずるずると行かなくなった。夜には少数機の飛来がのべつあるので、着替えるのに楽なように、肌着のまま寝ることを許された。風呂も洗濯も思うにまかせなかったはずだ。そんな生活習慣のゆるみから来る安楽さの、垢の臭いでもしそうな、けだるさであった。しかしその正体はやはり恐怖ではなかったか。かならず来るはずの災いが、半月してもひと月してもやって来ない。だからと言って、避けられるものではない。そんな半端な状態は人の心身をけだるくする。けだるさは大人たちの物腰にも見えた。

五月二十四日の未明、東京の西南部を山の手から郊外まで焼き払った空襲に、私の家も焼かれた。ひと月あまりの無事にやはり気がゆるんでいたようで、前日は昼間から宵の口まで雨もよいだった空が夜更けには晴れあがっていたことに気がつかなかったらしく、警報が鳴っても、今夜も格別なことはあるまい、と睡い眼をこすりながら防空壕に入ったところが、まもなく壕の中で身動きが取れなくなった。頭上をつぎからつぎに低く掠《かす》める敵機の編隊の爆音に、降りかかる焼夷弾の、空気を擦《こす》って迫る音に、防空壕の底から、一時間ほども耳をやっていたか。青い閃光が壕の内へ射しこんで、庭へ飛び出した時には、家は二階の屋根にいくつも鬼火のような炎をゆらめかせ、内にも火が入ったようで、戸窓の隙間から白煙を盛んに吐いていた。

我が家の燃えるのをまのあたりにした人間たちの、私もその一人である。空襲の危機の近づきつつあることを、避けられぬことと前々から予測していたとしても、自身の家の焼けるところを、誰が想像するだろうか。まして子供である。思いもかけぬ光景を見あげる子供の眼にしかし、既視感のようなものがたしかに、恐怖と重なったのは、あれは何だったのか。

そしてまた、白煙を吐きながら常と変わらぬ様子で静まる家々の間を、煙に巻かれて走る時に、恐怖に一抹、屈辱か羞恥のようなものがまじり、それがまた恐怖を増幅させたのは、どうしたことか。国民学校の二年生だから、皇国少年のはしくれではあった。足弱でも、自分は男だと感じていたかもしれない。しかしいくら「敗走」であっても、こんなところで子供がなに恥じて怯えることがある。

はるか後年になり、古代のことを記した本を読むうちに、クニとクニとの戦《いくさ》は、同時にそれぞれのカミとカミとの、守護神と守護神との闘いと太古には考えられていたと述べる箇所にさしかかり、しばらく息をつめるようにして、おのれの神の敗れたのを感じて敗走する民の恐怖、恐慌、そして屈辱と羞恥はいかばかりであったかを思った。大人の意識から払いのけられたものが、無防禦な子供の内へ乗りうつる、というようなこともあるか。

十日ほどの焼跡のバラック暮らしの後で、都下の八王子にしばらく身を寄せたが、そこにも空襲が迫っているようで、中央線回りで岐阜県の大垣の父親の実家まで落ちることになった。八王子の駅のホームから女子供三人が大きな荷物を背負って、満員の列車の中へ窓から乗りこんだ。押し入ろうとする客と車内で身をすくめる客と、内と外とのちょっとした攻防戦になるが、いったん乗りこんでしまえば同じ車中の人、避難民どうしなにかといたわりあう。通路にも人がぎっしり坐りこんだありさまのまま、甲府の駅に着くと大勢の客が降りて、車内はたちまち空席が目立った。あの甲府もまもなく大空襲を受けて多数の犠牲者を出している。

　そこからは山ばかりの間を抜けて、小さな駅で幾度も長いこと信号待ちをさせられ、塩尻を越えて木曾路に入り、どれだけ時間がかかったことか、ようやく名古屋の市街に入れば、東京にもまさる凄惨な空襲の跡がひろがり、恐ろしいところに逃げてきたものだと怖くなったが、そこも無事に抜けてやがて大垣に着いた。

　閑静な城下町だった。夜にはしばしば周辺の都市へ向かう敵機の編隊が上空を通っても、こんな無害な町まで敵は手を出すまいと大人たちは思っている様子で、その安心が子供をよけいに怯えさせたが、この町もやはりまぬがれてはいなかった。

　ある朝、警報が鳴るか鳴らぬかのうちに、敵機が単機飛来して、大型の爆弾を一発落として行った。ちょうど私は熱を出して寝ていた。その枕元で母親が針仕事をしていた。その瞬間、母親は子供を抱き上げて走った。家の内は爆風を受けてひどいありさまになり、その中をここも年寄りと女ばかり、名を呼びかわしながら走っているのを、私は母親の腕の中から見ている。あとで家の内にもどってくると、子供の寝ていた蒲団の上へまともに、重い簞笥が倒れていた。簞笥の倒れかかるのにも、母親は気がつかなかったという。

　ある夜、あたりに火の手があがり、母親は家に踏み留まり、祖母と姉と私と三人して、城の濠端の通りへ逃げ出すと、背後から焼夷弾の着弾が追って来て、あたりを走っていたこれも女ばかりが何人か、逃げ惑って立ちすくみ、子供を中に入れてまるくなり地にうずくまった。さいわい着弾はそこを通り越し、父親の実家もその夜は無事だった。

町の全体が焼かれたのは七月の末になる。その大炎上を私は西の在所の畑の中から眺めた。地獄図だった。あの下にいたら、今度こそ助からなかった、と思って慄《ふる》えていた。東京での空襲の時にはそんな、慄えることもなかった。

まるでそれを境のように、長かった梅雨が明けて、炎天にあぶられた焼跡のひろがる岐阜の駅頭に私たちは降り立った。どう連絡がついたものか、母方の祖父が出迎えていた。母親は祖父の手にすがって泣いていた。

そこから小さな電車で二時間も奥に入った美濃町（現、美濃市）の母親の実家に着いて、前年の夏からそこに預けられていた兄たちと一年ぶりに再会した。無事の土地に暮らしていた兄たちの顔がよその子のように見えた。兄たちも不思議そうにこちらの顔を眺めていた。奇妙に皺ばんだような子供に見えたのだろう。

闇市を走る子供たち

昭和二十年の十月に、父親がようやく迎えに来て、岐阜県の武儀郡美濃町の母親の実家から東京に帰ることになった。朝の内に美濃町を発ち、午頃《ひる》に岐阜駅の、屋根も剝がれたプラットホームで長いこと待って、名古屋の駅でも夜更けまで待たされた後、始発の汽車に乗りこんで席はどうにか取れたが、車内は大きな荷物を持った復員兵たちでぎっしりと詰まった。あの人たちもあちこちで汽車を乗り継いで、そのつど駅で何時間も待たされて、名古屋までたどり着いたのに違いない。通路に立ちながら眠っていた。

朝方に東京駅に着いて、都下の八王子に身を寄せるために、中央線のホームに向かって長い連絡通路を行くうちに、閑散とした行く手から、ジャンパーを着たアメリカ兵がひとり長い脚を運んでやって来た。林檎を両手で口に押しつけるようにしてかじりながら歩いている。猿みたいな食べ方をしている、と子供が見ていると、目が合ったようで、近づきざまにひょいと、かじりかけの林檎を子供の手に渡して行った。子供はつい受け取ってしまった林檎を、呆気に取られて眺めていた。捨てろと父親に言われて、ポトリと下に落とした。あれが私の戦後の始まりになる。

八月十五日の終戦の詔は母親の里で聞いた。聞き取りにくい放送が終ると、負けたんやわ、と大人たちはおおよその見当をつけるように、おたがいに確かめあった。それからまもなく警戒警報の放送があり敵数機が接近中と伝えた。どうせ、どこぞに落下傘で降りて攻めてくるんやわ、とそんなことを言いながら大人たちはむっくりと立ちあがり、お蔵に集まって防火用水の樽から——造酒屋《つくりざかや》なので樽は大小さまざまあった——ながらく溜めた水をバケツリレーで汲み出しにかかった。ボウフラが湧いてかなわないのだ。これで大空襲はなくなる、と子供は息をついた。しかし敵が上陸してくれば、どうなるかわからない。一時の安堵感だった。秋頃になると、敵に占領された東京の、恐ろしい噂も伝わってきた。

八王子も南のはずれに近かったところにあった家の窓から、鉄道の土手が見えた。中央線と横浜線が合流するあたりになる。駅の構内に機関区もあり、蒸気機関車が罐《かま》蒸《ふ》かし、ウォーミングアップのために、真っ黒な煙を吐きながら行ったり来たりする。

ときどき、アメリカ兵を満載した汽車や電車が、あるいは立川のほうから、あるいは横田のほうから来て、駅の構内にかかるところで信号に停められる。すると近所の中学生や高等科の餓鬼大将が自転車に飛び乗って駅へ駆けつける。小さな子供たちは走って後を追う。

逃げ遅れたアメリカ兵を取り囲んで年嵩《としかさ》の少年たちが迫っている。精悍な眼つきだった。困惑して「モーナイ、モーナイ」と両手をあげているGIたちのほうがお人好しに見えた。「ギブ・ミー、チョコレート、チューインガム」という見当になるが、そんな贅沢なものを自分で食べたいというような、甘い欲求からではなかった。石鹸でも化粧品でも、貰えるものなら何でもよかった。これを大人たちに売りつける。そのつどの勝負ながら、進駐軍のルートを摑んだ、闇屋のはしくれだった。

闇市も栄えていた。駅前に一箇所と、戦前からの中心街にもう一箇所、こちらは焼跡のかなりのひろさにわたっていた。子供たちは所在なくなると、空腹を紛らわすために、群をなしてペタペタと闇市を走りまわった。焼跡の埃をかぶって浮浪児に似ていたか。小づかいなどたいてい一文もなかったので、買う立場にはなくて、ただ店ごとの叩き売りの様子を一心に眺めていた。はるか後年になり、社会主義体制の解体したばかりの国で、統制から自由になったマフィアが物資を買い占めて売り惜しんで、そのため市民がますます困窮している、という話を聞いて、敗戦直後の闇市の光景が眼に浮かび、日本の「闇屋」たちは声を嗄らして客を呼んでいたけれど、とひきくらべた。

たしかに当時、隠退蔵物資がしばしば摘発された。闇の流通も資金がすくなくて、自転車操業気味で、仕入れたものは早く売らなくてはならないという事情もあったことだろう。それにしても熱心に、なんだか実直なように、売っていた。暮れ方に家の窓をそっと叩く音がするので開けると、鳥打帽《ハンチング》を目深にかぶった年寄りが大きな荷を背に立っていて、あたりをそわそわと見まわしてから、房総のほうから海産物を持ってきたと言う。玄関に入って表の戸を締めるとようやく人心地のついた顔になり、降ろした箱からハンペンやらサツマアゲやらチクワやらを取り出して、これがどんなに新鮮な品だか、声はひそめたまま、縷々《るる》と口説くようにする。後で親の言うには、そんなに高いお値ではなかったそうだ。

敗戦後の先人たちの日記や小説を今になり読み返すと、当時、悪性のインフレの抑制と生活物資の公正な供給を期して統制に腐心していた官憲と、その隙を縫っては非合法の物をせっせと売っていた「闇屋」たちとのイタチゴッコだったようで、そう言われてみれば、子供の頃の記憶とも符合してくる。ときおりの当局の手入れの後では影をひそめる闇市がしばらくすると湧いて出たように現われて、以前よりも値段は高くなっているが、以前よりいっそう賑わう、国民は助かる、官憲は見て見ぬふりをしているらしい、とそんな循環のバランスの上に生活は成り立っていたように思われる。
その習性が国民に染みついて末長く抜けずにいたのではないか。小児であった私の内にもその心はおのずと染みこんで、高年に至るまで遺りはしなかったか。

夏の朝の空気に納豆売りの少年たちの甲高い声が立って、アサリ、シジミを売る男たちの渋い声と前後して大通りを行く。戦後四年になっていた。その春先に私の家は芝白金台の、目黒通りから路地を入った奥の家に移っていた。同じ屋根の下に何世帯かが住まう、まだ雑居暮らしだった。物売りの声が耳に立つようになったのは物資の統制がややゆるんできたしるしだろうか。納豆売りの少年のことは、その前々年から実施された六三制教育と関係のあることらしい。中学校までが義務教育になり、小学校を出たら子供がすぐに働く予定だった家々では、家も本人も困った、という話を後に同窓会で聞いた。私などもほんとうなら納豆を売って歩かなくてはならぬ境遇だった。

野菜売りの「千葉の小母さん」が十日に一度ほど路地を入ってくる。背丈に余るほどの荷物を担いでいる。上のほうには野菜や佃煮を載せているが、下には闇米が詰まっていて、それで我が家も助かっていた。玄関でひと息入れて、なにか古風な口調で世間話をしていく。ある日は母親に頼んで部屋を借り、子供の見ている前でモンペの紐を解いて着物の前をひらき、胴巻きに売上げの札を押しこんでいた。欲に掛かっている風にも見えなかった。

昭和二十五年に新制の中学校に入った。前年開設されたばかりの区立中学で、たった一棟の木造の校舎が、私たち二期生が入ると、午前と午後との二部授業になった。まもなくもうひと棟建てられたが、翌年三期生が入ってくると、また二部授業にもどった。

校庭を見下ろす高台に都営住宅が建っていた。後に言う「団地」式の、集合住宅のハシリだった。何とも不思議な住まいに見えた。アパートと人はまだ呼んでいたが、アパートにしては、外からどう眺めても、部屋を横につなぐ廊下がない。大体、どちらが表で、どちらが裏ともつかない。人はどこから「家」に入るのか。ある日、友だちがそこの住人でもないのに勝手知った顔で、私を案内して階段をのぼって行く。後についてのぼりながら、人がどこからどう家の中に入るのか、ようやく呑みこめた。四、五階建ての屋上へ抜けると、さほど遠くにではなく、品川から大森へかけての海がひろがった。午前の晴天のもとに淡く澄んだ青が眼に染みた。大森海岸あたりでも海が汚れているので泳いではならない、と学校では言われていた。

下に降りて見あげると、この四角四面の建物の内をどう分けあって人が暮らしているのか、またわからなくなる。手洗いはどうなっているのか、気にかかった。一年ほど後に、そこの三階に住まう友だちの家の内に入ることになり、つくづく見まわして、台所や手洗いなど湿ったところと、畳の間の乾いたところがすぐに、後の言葉で言うならフラットに接しているのに驚いた。地面の湿気や臭気から離れて暮らすのは楽だろうな、とうらやんだ。

戦後五年にして、ある夜、東京の上空は爆音に覆われた。朝鮮半島で戦争が始まっていた。軍用機が半島へ向かうらしい。ジェット戦闘機を中心にしているようでその轟音たるや空襲の時よりもまた一段と激しい。にもかかわらず、家の者たちはさすがに眠りを破られた様子だが、何も言わない。寝床から起き直りもしない。逃げようもないので、騒いでも甲斐がない。つい一年ほど前にA級戦犯が処刑されたばかりのところで、こうなってみれば、戦争はまだ終っていなかったのだ、と観念させられる。次の戦争になれば、原爆のことは言わず、もっと徹底した殲滅戦になるだろう、と思われた。

しかし同じ頃かもう少し後か、とにかく半島の戦争がまだ盛んだった頃に、ラジオ放送に政府広報のスポットがあり、「あなたはいま、何をしてますか」と夜の茶の間に呼びかけておいて、貯蓄を奨励した末に、「これからは物よりも金の時代です」と結んだ。これからは金とは、ずいぶん露骨なことを言うな、と子供は怪しんだ。インフレは終息しつつあるということだったのだろうが、貯金どころじゃないと大人は苦笑して聞き流していた。やがて三木鶏郎のひきいる冗談音楽グループが同じラジオでこれを茶化して、

――あなたはいま、何をしてますか。

――カルメ焼を焼いてます。

米の足りない分を補って、アメリカからの援助の、赤砂糖がどっさり、煮炊きに使ってもあまるほど、配給になった頃だった。初めは甘味料の足りない時代のこととて喜んで嘗めていたが、そのうちダニがその砂糖に棲息していると伝えられて、もてあましていたところへ、誰が発明してひろめたのか、カルメ焼というものをこしらえることが家々にはやりだした。

悪名高くなった赤砂糖をお玉杓子のようなものに取り、少々の水を入れて火鉢で炙る。一本箸で掻きまぜながらよく融かしたところで火から離して重曹を加え、箸をゆ

っくりひきあげると、それにつれて砂糖が白っぽく凝固しながらゆっくりとまるく盛りあがり、中が空洞の、皮ばかりの菓子ができる。食べてもすぐにあきるようなものだったが、箸をひきあげる微妙な間合いに出来不出来がかかっていたので、夜にはすることがなくなった大の男たちも、投げやりな顔をしながら、しばらくうち興じていたものだ。

その上をジェット機の爆音が走ることもあった。

蒼い顔

　ひっきりなしの痛みにうなされながら、ベッドの中から、夜中の大通りを家のほうへ、くりかえしたどっていた。目黒川のほとり、五反田の駅に近いところにある木造モルタルの小さな病院の、二階の部屋にいた。虫垂炎をこじらせて、腹膜炎をおこしていた。腸が蠕動《ぜんどう》して、中に溜まったガスが騒ぐたびに、硬く張った腹膜が刺激されて、ずんと疼く。宵の内から疼きは始まって、夜半を回ってもおさまらない。再手術は次の宵の口になった。その前に親たちは医者から、むずかしいようなことを言われていた。

　昭和二十八年の二月の末からの入院になる。町の病院に入院するには蒲団一式を持ちこむ、そんな時代のことだ。中学三年生の、ちょうど入試の時期にあたった。家はその前の年の秋から品川の御殿山に移っていた。病室から呻きながら思っていた大通りは、五反田から品川のほうへ抜ける八ツ山通りである。夜中の人通りも絶えた光景だが、五反田の駅前からしばらく続く商店の家並を一軒ずつ数えられた。

絶え間もない苦悶の中から夜中の閑散とした大通りを見ていたのは、空襲下に防空壕の底から敵機の爆音に刻々と怯えながら庭の片隅で長閑《のどか》に風に揺れる草花を眼の内に浮かべていたのに似ている。再手術の前に父親から同意をもとめられて、医者に何を言われたか察したようで、死んでもいいからやってくれと答えた。まる二十四時間も続いた苦しみの末のことである。ここまで無事に生きてきたけれど、やっぱりこういうことになったか、と思った。

退院は四月に入った。その間に入試の機をあらかた逸して、わずかに三次募集の残っていた私立の高校の試験もまだ入院中、病院からかよって受けた。入学式は退院の翌々日だったか。しばらくは学校の帰りに病院に寄っていた。

そこの学校は古くドイツにゆかりがあり、希望する生徒にはドイツ語も教えた。これが私にとって後に独文科に進む機縁となった。また熱心な漢文の先生がいて一学期の終りに、君たちも秋頃になれば、漢文で日記が綴れるようになるだろう、と言う。聞いて私はたじろいだが、これも後になってみれば、漢文の日記こそ無理だったが、ありがたい機縁となった。関口台や目白台や小石川台、護国寺や江戸川橋や大曲や伝通院、そんな界隈を郊外沿線っ子が知ることになったのも、後に先人作家たちを思うのに助けとなった。

　同学年に美濃部君、後の古今亭志ん朝師匠がいた。私と違って本格のドイツ語クラスにいた。そのクラスの教壇にはときおり、校長の天野貞祐氏も立ったという。その天野校長とは私も一度だけ対面して短い訓話を受けたことがあるが、世の中にはまた、発語の明晰な人がいるものだ、とひそかに驚いた覚えがある。

　九月に都立の高校の編入試験を受けて転校した。私立高校の授業料が親の負担になることに、やはり気がひけていた。


　どういうきっかけで文学の道に入ったのかと人にたずねられて、湯川秀樹だったか、と答えたことがある。ノーベル賞のことはともかくとして、湯川博士が理論物理学を選んだ理由をたずねられて、紙と鉛筆があればできるので、と答えたことが戦後四年の貧しい時代に、小学六年生の子供の心に留まった。紙と鉛筆だけ、これなるかな、と思ったらしい。

　それから四年もして、理論物理学はおろか、理数系への志向はきれいに吹き飛んだ。私が前の夜に二時間かけても始末のつかなかった数学の練習問題を、授業の始まる前のわずかな間にあっさり解いてしまう生徒たちがいるのだ。天分とは不公平なものだ、と呆れた。しかしこれはこういうものなのだろう、とすぐにあきらめた。それ以来、「転向」というほどのものではなかったが、小説の類いを熱心に読むようになった。これも紙と筆のことである。

戦災に焼かれてろくに蔵書もなかった家の内を、その気になってあちこち探すと、古本屋から拾ってきたものか、そこそこの冊数の、小説の本が見つかった。これを片っ端から、文学史のわきまえもなしに読みあさる。あとは学校の図書館から借りて読む。

そこまでなら、やがて興味がほかへ移って、後の事はいっさいなかったのかもしれない。ところがそれから何年か後、今から思えば、妙な縁になる。この作品集でまた世話になった河出書房新社の、その旧社が経営破綻に至り、その出版物がゾッキ本となって出まわり、現代日本小説大系あり、世界文学全集あり、その「学生版」あり、丸善などでも特売で賑わった。文庫本しか買えなかった者にとって、ずいぶん傷《いた》んだ本もあったがかりにも単行本、文学全集が分冊で手に入るようになった。小づかい銭を掻き集めて買っては読みまくった。

徳田秋聲を読んだ。葛西善蔵を、嘉村礒多を、牧野信一を読んだ。現代日本小説大系は文学史上の概念によって類別されて、各巻アンソロジー形式だったので、いずれも二、三篇ずつしか読んでいないが、少年としてはなかなか渋いところだ。わかるわけもない。しかし読後の印象は底に遺って、中年期まで持ち越された。

芥川龍之介の「大導寺信輔の半生」の暗さにはひきこまれた。読んだ後で自身の体感からまわりの眺めまで変わったように思われる、そんな読書が少年期にはある。私の周辺の文学少年たちの多くは、太宰治の「人間失格」に、魅入られたようだ。

昭和二十八年の夏に半島の動乱が一応の終息を見た。結核の特効薬のストレプトマイシンとパスがこの国に入ってきたのも同じ頃ではなかったか。私のいくつか年上の知人に、昭和二十年代の少年期に結核に罹かった人があり、あちこちの臓器をおかされ、本人の話したことには、もう旦夕《たんせき》の命を待つばかりの、蚊トンボみたいに痩せ細ったところへ、ストマイとパスの試供品が手に入り、これが劇的に効いて、やがて検定を経て大学に入り、酒も好きで、老年にまで至ったが、五十過ぎから肝炎に苦しめられた。少年期の手術の際の輸血、売血の害が高年になって出たものらしい。私も少年期の大病の際に、同じような時期になるのだろうか、売血による輸血を受けている。太い注射の筒に詰まった大量の血だった。幸運にも後年の難は出なかったが、振り返ってみれば、金に困った人間が血を売ってしのいだ、まだ陰惨な時代であったのだ。

しかし結核の特効薬の出まわる以前に、食糧事情があれでもよほど好転していたものらしい。私の高校の同学年には、重い結核に罹かって姿の見えなくなった生徒はほとんどいなかったように記憶している。かわりに、出席簿には登録されていて授業ごとに名を呼ばれるのに、顔を見ずに終った「同級生」もいた。以前には在学中に結核で亡くなった生徒たちのいたことを教師がよく話した。ある女生徒は校門に至る急坂の途中で幾度か息を入れなくては登れなくなるまで、学校に出ていたという。昔のことのように教師は話していたが、つい二、三年前のことらしかった。

また二、三年前までは学校の屋上から、投身が続いたということだった。明日にも戦争がまたこの国に及ぶかもしれないと思われていた頃のことだ。戦災による境遇の変化、とりわけ零落と、それにともなうささやかながらの頽廃とが、世間にざらだったと言っても、少年の矜持をくりかえし傷《いた》めつけたということもあったのだろう。心身の不調が続けば、結核ではないかと思いつめる。実際に結核の宣告を受けた末の投身もあったことだろう。

ある高校では屋上からの投身が頻繁だったようで、そこの出身の、往年の「太宰少年」であったらしい中年男二人が、あの頃、俺が見ていなかったら、お前はあぶなかった、何を言う、お前こそ蒼い顔をして、見てはいられなかったぞ、とやりあうのを笑って聞いていたことがある。あるいは少年の当時、ひとつ間違えれば深刻なところまで行きかねなかったのかもしれない。文学などへ傾いた少年にとっては何かにつけて、生きるということは、あさましいことだ、と思わせられる折りがある。貧困の中では人の物言いや物腰がどうしてもあらわになりがちである。ときには、なまなましいようになる。それを身辺の人間たち、とくに肉親たちに見て、ひそかな眉ひそめが重なったあげくに、「実存」への嫌厭として、呑みこんでしまうこともあったか。

蒼い顔というものが、近頃の若い者にはめっきり見かけられなくなったな、という声を聞いたのは、戦後も二十年もした頃だっただろうか。なるほど、そうか、と私はあたりを見まわすそのまた一方で、ひょっとして私のような年の者こそ、わずか二、三年の差で、あまり蒼い顔ではなくなった若い者の、ハシリではなかったかと思った。だとすれば、まず半島の停戦と結核の特効薬の出現のおかげには違いない。しかし半島で戦争が停まっても、大国は次の大戦に着々と備えている、と思っていた。結核は死病でなくなったと聞いても、そんな特効薬が私のところまで降りてくるとも思えず、心身がけだるかったり、寝汗をかいたり、微熱がさがりきらなかったり、当時の思春期にはよくあった変調が続けば、ひっそりと神経を胸の内へ凝らしていた。せっかく戦災をあやうくのがれたのに、近頃また死に損ねた身であり、この先いつまで無事でいられるか、やはりこうなったかと悟らされる時が来るのではないか、と思っていた節がある。

閑さえあれば部屋にこもって小説を、外国のものにまで手をひろげて読んでいた。寒い雨の日には雨戸も閉めて、暖房もないので蒲団を敷いてもぐりこみ、暗いスタンドを頼りに、読みつかれては睡り、覚めては読んで、半日も過ごした。肺病のような体感になるのも無理はない。そうしていると、もう昭和も三十年代に入っていた頃か、近所の家から、ラジオの音らしく、しきりに流行歌の聞こえる日がある。しかしラジオにしては同じ歌ばかり、当時売り出し中の二人の女性歌手の歌がそれぞれ一曲ずつ、その二曲が交互にくりかえされて、いつまでも止まない。テープレコーダーだとほどなく知らされた。すぐ近隣に電気電信の会社とも言われていたが得体の知れぬ、なにやら古めかしい様子の工場《こうば》があり、そこへ時給で働きに出る主婦たちがいて土、日曜には製品が無料で貸し出される。一般家庭へのおひろめのためだという。テープレコーダーというものはとうに学校にあった。しかしあんな重い、嵩張《かさば》った機械がどうして、一般家庭に入るのか、訝《いぶか》しかった。いずれ私には縁もない話だった。

わずか二、三年、あるいは一、二年の差というものはやはりあるもののようだ。昭和三十一年春先のことだったと思われる。古本屋街の帰りであったか、暮れ方にひときわ春めいて霞む空をふっと見あげて、何年か前の自分とひきくらべ、相変わらず安い本の一冊も買えば帰りの電車賃もあやしくなるような貧乏さで、時代にも置き残され加減のようだが、それにしてもなんと気楽な心で街を歩いていることだろう、とひそかに驚いた。死の影がいつのまにか遠のいたというところか。自分の胸からも、世間の眺めからも。自分も人も以前にくらべればよほど背すじも伸びて、足取りも軽快になっているように思われた。

しかし以前と今と、どちらが実相なのか、という訝りは後々まで持ち越されて、折りに触れては出てくる。

雪の下で

高年の人にはことわるまでもないことだが、東京の日本橋に白木屋という百貨店《デパート》があった。そこの特売場で一週間ばかり売り子をやった。昭和三十一年の年末のことになる。ボサボサの布地のジャンパーの売り場だった。詰襟《つめえり》の学生服に、「実習生」としるした腕章をはめていた。一日立ちづくめでも若いので苦にもならなかった。客が多くて品物がよく売れれば、それで安い日当が一文も増えるわけでないのに、けっこう熱中させられる。しかし客の視線の動きを追って、自分はあまり人に好かれるほうでもないな、と思った。まだ「蒼い顔」の部類だったか。年の瀬の表の通りは日の暮れともなれば、銀座、新橋までひと続き、まさに歳の市の、ぎっしりとした人の出だった。

その年の春に中学校の同窓会があり、担任の先生に、文学系に入ったことを報告すると、あれあれ、と苦笑された。就職難を見越してのことである。そのことを私も知っていたが、学資は自分で稼げば済むと思うだけで、将来のことは何も考えていなかった。その秋には大腸カタルのかなりひどいのをわずらって、ひと月ばかり寝こんで、それ以来、一限の授業も堪えがたいほどに、かったるい身体になった。年末の売り子に立ってようやくいくらか活が入った。ちょうどその頃、仕事に行き詰まった父親が末の息子に向かって、戦後の復興がこんなに早いとは思ってもいなかった、と行き場のなくなりかけた身をつくづく嘆いた。聞いていて息子のほうも、先のことをこんなにも考えられないのは、自分こそまだ二十歳前にしてすでに世の中から置き残されたのではないかと思ったものだ。

就職難の最たるところと言われた独文科へ進むことを早々に決めてしまった時にも、先のことは考えなかった。高校で手ほどきを受けたドイツ語は受験中もひとりで細々と続けて、大学に入ってからは、授業に使われるもののほかに、あれこれ教科書版のテキストをもとめて短篇ばかり読んでいたが、原書となると安いものでも、二口三口やっていたアルバイトの、一口分の月収がまるまる飛んでしまうので、買うわけにいかない。

学部に進んでからようやく、研究室の図書を借り出して、長いものを読むようになり、こうして本を読んで過ごすのが性分にあっているようで、ほかに将来へのイメージもないので、このまま大学に残って後は運にまかせるか、とまで考えたが、やがて気がついたことに、本格の読書に従うには、自分の眼精は強くない。活字も内容も詰まった本を何日か読みこんでいると、眼から頭の内が痼《しこ》って、背中がざわつき、全身はこわばったようになり、たまりかねて表に出れば、脚がかすかにふらつく。街の風景がこころもち傾いて見えることもあった。

それに、学究とやらになるには、記憶力が弱い。ずいぶん熱心に読んでいても、本を閉じたとたんにふっつりと、何のことであったか、思い出せなくなる。まるで音楽が止んだとたんに、聞き惚れていたはずなのに、どんな曲であったか、さっぱり聞こえなくなるのに似ている。深く入った印象をかえって記憶に留められない癖があるようだった。幼年期の、戦災の後遺症かと疑った。なまじ静かな生活を送らないほうがいいように思われた。

そうは言っても、会社のようなところで働く自分が一向に思い浮かべられない。どちらつかずの半端な気持で、アルバイトに精を出して日を送るうちに、大学四年の夏に、友達と信州の空家を借りて遊んでいるうちに、秋の就職試験の時期を逸して、大学院へ進むよりほかになくなった。ドイツ文学史の勉強を始めたが、どれも重たるい文学者ばかりで、閉口させられた。カフカの日記をすこしく読みこんで、卒論にまとめた。論文にもならぬ気ままなものだった。

大学院に進んだのは昭和三十五年、一九六〇年になる。その頃、相も変わらぬアルバイト稼ぎで麴町あたりの家に週に何度か通っていたが、国会議事堂に近いことで、上空をのべつ報道のヘリコプターが爆音を響かせて舞っていた。空を見あげれば周辺で工事中の、当時は高層であったビルの鉄骨が、来るたびに宙へ伸びて行く。街頭を行くと、自分の身なりが往来する人とくらべて、靴をはじめとして見すぼらしい。国会周辺に集まった学生たちにも、自分の頭の上を通り越して変わって行く世間にたいする憤りと、それと同時に、世の中の上昇におのずと染まった奔放さが、ないまぜになっているようだった。

人はともあれ私は、世の景気の中にあって役立たずの意識を、寒い上着のように身につけて運んでいた。

大雪の北陸の金沢の街にいた。来る日も来る日も印房《はんこや》の屋根にあがって雪おろしをしていた。昭和三十八年の一月の中頃から末に至る半月ばかりのことになる。二階の大屋根の雪は腰高まで積もり、夜に継いで昼も降りしきる雪の中、あたり一面見渡すかぎり白いが上に、ときおり雪靄が降りてきて、向かいの山ばかりか、小路を隔てた家並も掻き消され、自身の立つ屋根の端も見えなくなり、自分はいまどこにいるのか、天地も四方も時間も失せて茫然とした心地の底に、一種、自足感があった。

ある朝、大きな雪片がばさりばさりと、脚をひろげた蜘蛛のように落ちて来るのを、印房の主人と並んで見あげるうちに、大雪の年はこんなものではないと昨日まで言っていた主人が、こんな雪はわしも見たことがない、と深刻そうにつぶやいた。このままでは積もった雪の重みで梁が落ちて屋根の抜けるおそれがあると言う。言われてみれば、かなりの重力が家にかかっていることは、建具の開け閉《た》てばかりでなく、床や階段を踏む足の感触からも伝わった。家じゅうにひずみが行き渡っている。その日から、登山の支度に身を固めて、屋根へあがることになった。一階の小屋根から梯子をかけて大屋根の端に取りつくまでに、固く締まった雪の壁を、スコップを逆手に取ってまず削り落とさなくてはならない。零度に近い寒さの中で幾度も汗を掻いて日の暮れるまで働いたが、これが連日の作業になるとは思っていなかった。しかしそれからは近所の人に、ハンコ屋さんの二階のセンセ、と顔を覚えられた。

前年の春から土地の大学に、ドイツ語の教師として職にありついていた。月給は一万円と少々だろうと人に聞いていて、下宿代は二食付きで七千円足らずだったので、これならどうにかやって行けると思ってやって来たところが、一万八千円ほどの月給を手にして、こいつは罰当たりだ、と喜んだ。東京はすでに「所得倍増」の経済成長期に入っていたので、この戦災にも遭っていない城下町に来てみれば、時代離れのした長閑さが、まさに別天地に思われた。晴れれば空は抜けるように青い。城山をはじめとして、三方から街を抱き取るような山々の色は瑞々しい。川には友禅の反物を流し洗いする光景がまだ見うけられた。北国の建てこんだ家々の屋根瓦が陽を受けて艶やかに照る。およそ東京とは隔たった雰囲気であるのに、小路の辻や、ふとした曲り角に、昔の東京の町の面影を見るような心地になることがある。戦災を受けたことがないとは自分の想像の外のことだと驚くと、いま現にここにいる自身が、不思議に感じられた。

城山の膝もとに集まったような街の、材木町と呼ばれる長い小路の、浅野川の橋場に近いあたりに住んでいた。両側に軒を並べる町家《まちや》や仕舞家《しもたや》は、間口は狭いが土間に沿って奥行きが深い。土間の奥のほうに採光の天窓があって白い光をひろげている。あるいは壺庭のようなものがある。城山の内にあった大学まで若い脚で歩いて十分とかからない。旧師団の兵舎であった古色蒼然として頑丈な木造の大学では、これも将校たちの控える棟であったと言われる別館の二階に、個別の研究室をあたえられた。

そこで授業時間の残りの半日を、本を読んで過ごした。たっぷりとした閑暇だった。十月もなかばにかかれば晴れきりの日はすくなくなり、黒い雲が低く流れ、十一月に入れば、晴れていたかと思えばいきなりパチパチと、軒から路上に霰《あられ》が弾けて、やがて霙《みぞれ》が降り出し、これはもう降りきりになるかと思うとまた陽が射す。一日中、その繰り返しになる。

ときおり雪をまじえて終日降りしきる雨の中で、研究室にこもって本を読む日がおいおい多くなる。雨の音を耳にしていると、熱心に読みながら睡気にとらえられる。そんな日にも暮れ方には西の空に赤い夕映えが、これが北陸の浄土真宗の荘厳《しょうごん》というものか、細長く掛かる。それを見ながら、研究室に居残った人たちとそれとなく連れ立って城山を繁華街のほうへ降りていく。酒を覚えた。霙の走る音を聞きながらの酔いにはどこか夕映えの色がする。あるいは、いつだか薄暗い奥の座敷で人に見せられた九谷焼の、ほのかな照りのようなものがある。遅くまで呑んでいても、下宿まで歩いて帰れた。

印房には二階建ての母屋と、小さな中庭を隔てて、納戸と呼ばれた平屋の離れがあり、母屋の大屋根の雪を半分あまりもおろすのにまる一日かかり、二日目にはその残りの半分と小屋根の雪をおろし、三日目に離れの雪をおろすと、その間も雪は降り続いて、四日目には大屋根の雪がまるで手つかずのように積もっている。大屋根の表のほうの雪は小路へ、下に子供を立たせて甲高い声で合図を送らせ、通行人の途切れた隙におろす。裏のほうは中庭へおろす。どちらにしても、屋根の中央あたりの雪は端のほうへ放っておいてから二度手間で下へ落とす。離れの雪はすぐ裏手にこの城下町特有の疎水が走っているので、そこへおろせば世話はないようなものの、それを家々でやれば流れが詰まって溢れてしまう。疎水側の斜面の雪をまず中庭側へ放りあげるという三度手間四度手間になった。

今日の予定も片づかぬうちに日は暮れきって、雪の降り方が一段と繁く、自分の立つ屋根の上の雪明かりだけの世界になり、その中で無心にスコップを動かしていると、いつの間にか調子を合わせたように、雪けぶりの奥から、あちこちの屋根の上で働く男たちの息づかいが伝わってくる。

ほどほどに済ませて、大屋根から梯子を伝って降りて来れば、中庭におろされて溜まった雪が小屋根の雪とすっかりひと続きになっている。このままにしておくと、中庭の雪がこの寒さでも地熱のためにわずかに沈んで、その圧力を受けて廂が折れるおそれがあるという。雪と雪との境目を探り、スコップを立てて入れて行く。それにつれて切り離された雪の隙間から、階下の居間の灯が暖かく差し昇る。これが一月の仕事の、仕舞いだった。

　まず川向《かわむこう》の銭湯に行く。続く大雪の下で燃料が不如意になったせいだか、とろりと垢の溜まった湯だったが、よけいに温《ぬく》もった。帰れば食膳に、たっぷりと太い徳利に熱燗がついている。鉄道が途絶して街は陸の孤島になり、食品が払底しかけていたが、米と酒は貯えがあったようで、それに、この大雪にも灯《とも》を点した屋台が橋詰《はしづめ》にあり、そこから印房の主人があつらえて、みずから岡持《おかもち》を提げ、ラーメンを運んできてくれる。そのラーメンをお菜にして四膳の飯を喰った。酔って腹が満ちれば、二階にあがって蒲団にもぐり、ときおり雷鳴とともにあたり一帯の瓦屋根に霰の騒ぐのを耳に、それでも家にかかる圧力はだいぶやわらいでいるような感触を背中に確めながら眠りこみ、翌朝眼を覚ますと、雪は変わらぬ勢いで降っている。

　十日ほどもして、雪はさらに降りしきり、小路にも屋根にも掻いた跡を消して積もって行くのに、あたり近所から雪おろしの声も物音もぱったり止んだ。妙な静かさが小路を領した。私も朝食の後で屋根へあがるばかりの恰好になりながら、暖かいところに坐りこんだきり腰があがらず、印房の主人とずるずると無駄話にふけっていた。雪の山のつらなる小路には車の入りようもないので、どこの家の厠も肥壺が満杯になりかけているが、どうしようもない。鉄道は自衛隊が出動したものの復旧には至らず、海は荒れて漁船も出せず、市内の食料品店は棚がさびしくなっている。それでも駅の倉庫にはよそへ出す米が雪に停められて積まれているらしい。それよりも、雪おろしもままにならぬ狭い小路では屋根を抜かれた家がぽつぽつ出てきた。敷いたままの蒲団の上に雪の塊りが転がったりして、手のつけようもないありさまだそうだ。ここの小路もこのまま両側から雪をおろしつづけたら、どうなることやら。浅野川大橋のあたりは岸から押し出した捨て雪に半分ふさがれた。川の水が堰き止められて疎水を逆流してくることになりかねない。この町も空襲で焼かれてしまっていれば、いっそ世話はなかったか……。

物の隅からも陰翳を拭い取る雪明かりの中で、そんな不吉な話をしながら、甘いような気怠《けだる》さの中へひきこまれていく。連日の疲労よりも、はてしもなく降る雪のもたらす、底知れぬ徒労感のせいだった。

道から逸れて

その頃ならどこの家にでもあるような、赤っぽい塗りの円い卓袱台《ちゃぶだい》だった。脚は折り畳み式になっている。その卓袱台の上にテキストと辞書数冊、それに原稿用紙と文房具を載せて、狭い家の中をあちらこちらへ、その日その時の気分にまかせて運びまわっていた。机の前にはどうも腰が据わらない。

いつ果てると知れぬ長い翻訳の仕事だった。しかもほとんど一文章ごとに、これが日本語で越せるものかと頭を抱えこむほどの、難所を控えている。昭和の四十一年（一九六六）から四十二年にかけてのことになる。その前年に金沢から東京に戻って、当時は北多摩郡上保谷の、畑の端に建った小さな借家に暮らしていた。金沢にいる間も年に何度か「帰省」していたので、東京オリンピック前後の東京の街の変わりようは知らぬではなかったが、所帯を持つ身として暮らすとなるとまた別で、東京生まれの東京育ちが、まるで知らぬ土地へ流れてきたような気分がした。だいぶ呆然として、テレビはおろかラジオも持たず、新聞も取らずにすごすうち、ある日、翻訳の仕事を引き受けてきた。よく読んだつもりの長篇小説だったので気安く請け負ってきたところが、その宵にさっそく取りかかって見れば、夜半過ぎまでかけても、原稿用紙一枚も訳せない。以来、意地ずくのようになった。

それが一年あまりで仕上がったことだった。それも、一度は終りまで訳したが意に満たず、もう一度始めから訳し直している。あとからは信じられないことだが、教職に就いていたので公務にさしさわらぬかぎり、来る日も来る日も、夏場は卓袱台に冬場は炬燵に向かって、言葉の難儀さと、そして自身の無力感にかえってひきこまれ、とにかくうちこんだ。翻訳の作業の中へ、落ち零れたという気がしないでもなかった。

このヘルマン・ブロッホの「誘惑者」と題された長篇小説の翻訳に続いて、一年ばかりしてから、ロベルト・ムージルの一対《いっつい》の中篇、「愛の完成」と「静かなヴェロニカの誘惑」を訳すことになった。これは一段と難解で、文章も精緻にして微妙、訳すのによけいに神経を使わされたが、この時にはある種の、恍惚感のようなものが仕事にともなうようになった。原作から来る魅惑もさることながら、原作と私の日本語との間《はざま》の領域に、そのつどつかのまながら生じる、共鳴の感触のようだった。この仕事を仕舞えた後、同人誌の「白描」の締切りが迫っていて、一週間足らずで、「先導獣の話」を書きあげた。

これが昭和四十三年（一九六八）の初夏のことになり、その秋に世田谷の馬事公苑の近くのマンションの七階に越した。その後十何年かして同じ棟の二階に移ったが、現在に至るまで住みついている。年は三十一になるところだった。新居に落着いてまもなく、これまであちこちに越してきたけれどこれがもう終の栖かなどと思ううちに、心身の不調に沈んだ。まとまったものを読む気力もない。こんなことは高校生の頃から初めてではないか。小説を書くよう人にすすめられていたが、原稿用紙に向かえば何も思いつかない。机の前に坐っているのも苦痛だった。そのまま半年あまりもすごした。

翌春になりどうにか気を取り直して、厄介な荷物をひきずるようにして「円陣を組む女たち」を書きあげたが、どうにも半端なものに思われた。続いて「子供たちの道」も長い分だけよけいに半端に感じられた。同人誌の「白描」の最終刊に寄せた「雪の下の蟹」には自足感があった。これでもういいや、と思った。その私が翌昭和四十五年（一九七〇）の三月の末日に教職をすっかり辞めて、四月から作家専業に入っていた。すでに二女のある年だった。

ことさら決断したような覚えはない。深く思案もしなかったようだ。思案しようにも、これまで文芸誌に載った作品はわずか二篇、「先導獣の話」がアンソロジーにおさめられて、どこかでいささか評判を呼んでいるようだが、どんなものか。作家稼業というものも、見当がつかない。自分の性分を思えば、今のこの道をたどるよりほかはない、と分別はすぐにそこに落ちる。しかし朝に勤めに出る道で、まっすぐに急いでいるはずの足がときおりふっと、どこかへ逸れそうなふうになるのを、逸れる道もないのにおかしなことだ、と訝ることが重なるようになった。通い馴れた道であれば見馴れているのに不思議はないものを、一瞬、見馴れたという以上の、反復感に苦しむようだった。

自分にはこれが大敵だと思った。またそれとは逆のようなこともあった。週に一度、遠くまで通う日があり、朝の七時前に飯も喰わずに家を飛び出して、幾度か電車を乗り継いで行くその途中の駅でわずかながら閑が余るので、駅前の立喰いの店に寄り、腹をすかせた朝の客にまじって玉ねぎばかりの牛丼を掻き込んでいると、これも毎度の繰り返しなのに、どことも知れぬところへ逸れてきてしまったような、安堵に似た心地がしきりにしたものだ。一九六九年は私の勤める大学でも紛争の年だった。その年末に高熱を出して三日ほど寝こむことがあり、その間何を思案したということもなかったが、熱がすっかり引いた時には、辞める心が定まっていた。

　翌一九七〇年の三月は大学の校務がぎりぎりまで押し出されて、三月の末日にすべての手続きを済ませて事務室に提出しがてら別れの挨拶をすると、いよいよ一匹狼ですねと言われて、いや、羊ですよと頭を掻き、苦笑のおさまらぬうちに大学を出てふらりふらりと駅へ向かう道で、これは停年退職で去る年寄りの背つきかなと思った。それから一週間ばかり、給料の取れぬ身になったことをかみしめながら、思いきり怠惰を自分に許した。

　退職後にまず「杳子」を書いた。これも一度書き終えてから、どうにも始末に負えぬものに思われて書き直し、編集者に渡す際、妙なものが出来てしまったので、困ったら突き返してください、書き直しますのでと遠慮したら、数日して返事があり、いやあ、いいですよ、と事もなげに言う。どう見限ったか知らないけれど、なかなか冷酷に、人をいたわるな、と思った。「妻隠《つまごみ》」は真夏の仕事となった。書き進むうちに、本格の仕事の長丁場になると冷房が自分のからだにはじわじわとこたえてくることを知らされて、先々の夏の陣が思いやられた。

　その年の十一月、ある日、実家の姉から電話があり、公衆電話からだと言い、母親が近所の病院で胸のレントゲン写真を撮ってもらったところが、肺の全体に細かい影がひろがっていることがわかった、結核と医者は診断したが、ほかの疑いもあるという。すぐに実家に駆けつけると、母親が寝床の上に起き直っていた。顔が一度に蒼白になっていた。気やすめも言えず、しばらくそばにいて、居間のほうへ出てくると、ちょうど正午のテレビのニュースが始まったところで、三島由紀夫という文字が目に飛びこんできた。その日は多摩川の岸をしばらく歩いて遠回りに家へ帰った。「行隠れ」の連載中の時にあたった。実家のほうの父親も姉も出かける日には、原稿用紙を鞄に入れて留守居に行った。病人の寝ている部屋を背にして居間の炬燵に向かって書いていた。因果な稼業だと思った。医者の往診にも立ち会った。ある日、医者は帰り際の玄関先で声をひそめて、結核だとわたしは思いますが、そうでないとしたら、とても、と言って首を振った。何知らぬ顔で炬燵にもどって仕事を続けた。

年内に入院して肺癌と診断され、私の家から徒歩で半時間あまりの距離の病院だったので歩いて通ううちに、二月の末に亡くなった。昼間には春先の風が走っていたのが、夜になって大雨になり、その雨もやがて通り過ぎた時刻になる。その夜は実家のほうに事情もあって私ひとりが、霊安室になるが病院とは別棟の、坂の途中に藪をうしろに控えて建つ古ぼけた木造の小屋で夜伽ぎをすることになった。板の間にどっかりと坐りこんで茶碗酒を呑みながら、死者の枕元に線香の火が絶えないように守っている。はたからのぞいたら凄惨なように見えるのだろうが、今の自分には、これよりほかにない所に居るように思われた。

母親は享年六十二歳、私は三十三歳になったところだった。それまで私の家の血統は父方からしても母方からしても、おしなべて長命だった。それがそれから二十年の間に、父親と姉と兄が亡くなった。父親は高齢だったが姉も兄も還暦にまでも至っていなかった。母方の従弟も五十歳で亡くなっている。私自身は四十歳の頃に、一時、急に痩せるということがあった。中年太り気味で六十五キロ以上あった体重が、半年ほどのうちに六十を割り、五十五を割り、さらにぢりぢりと落ちていく。体調が悪いわけでない。食が細ったのでもない。心身むしろ騒がしい。顔もやつれては見えない。怪しい兆候はなにもないのだが、四十と言う年齢を考えれば、これ以上痩せるようなら、病院に行かなくてはならないなと思ううちに、やはり何のきっかけもなしに体重がすこしずつもどり、六十キロを超えるところまで押し返して、そこで落着いた。

家の血統には円い体型と細い体型とふたとおりあり、自分は中年に入って、両者がせめぎあった末に、細いほうに定まったか、と取って済ました。

しかしあの時期に自分の内で何が起こったのか、ほんとうのところはわからない。

吉と凶と

昭和五十五年は一九八〇年になる。その年の冬、たしか一月の頃だったと思われる。冷えこむ夜更けに新宿のはずれの酒場に一人で立ち寄ると、ほかに客もなく、店のマダムがこちらの顔を見るなり、世の中、とにかく、異様な不景気と、その「異様な」というところに力をこめた。言われて見れば、ここまで歩いてくる途中も街はずいぶんさびしかった。つい三年ばかり前に「文体」という文芸誌をおこした頃には、同人たちと夜の巷へ繰り出して歌舞伎町あたりまで来ると、夜半を回っても人の賑わいがあったのにくらべて、あらためて冷えこみを覚えた。その「文体」も終刊に近づいていた。戦後の経済成長がひとたび天井をついた頃になる。

その年の初夏に「山躁賦」の連載が始まった。そして秋から「槿《あさがお》」の連載が始まった。「山躁賦」はこの自撰集の装幀者の菊地信義の仕掛けであり、同行でもあった。

たかたちになる。

「槿」は元「文藝」の編集長の寺田博があらたにおこした文芸誌「作品」に駆けつけ

「山躁賦」は四カ月に一度旅をして二篇ずつ短い文を書くという約束だった。中古の風雅と狂躁の跡を尋ねるというかたちになるが、故地の周辺はとうに新興住宅地化していることは承知の上、もとよりアイロニーをふくむことだった。文章の形は自由にまかせられていたので、紀行文とも小説とも、繰り言とも影との掛け合いともつかぬものになったが、勝手ながら、この道に入って十年にして初めて水を得た魚のようになり、心身も文も私としては弾んだ。こうして一生でも送りたいと思ったほどだった。

それにひきかえ、並行して進めていた「槿」のほうは日を重ねるにつれ苦しくなり、小説とは何とむずかしいものだろうといまさら思い知らされ、ちょうど七回目をどうにか乗り越えて、この先どうしたものかと途方に暮れかけていたところが、編集長の寺田博から、「作品」が休刊、立ち行かなくなった旨を知らされた。出来るだけ早く版元を見つけて再刊するので待機していてほしい、と言う。聞いて、正直のところ、まずほっとした。これで休める、と。しかし考えてみれば、この年に入って世の中の不況はここまで及んでいる。再刊と言っても、いつのことになるか。そもそも可能だろうか。自分としても、ここで息を抜いてしまったら、たちまち弛《ゆる》んでしまって、一、度と起こし直すだけの張りもなくなるのではないか、と心細くもなった。それがわずか半年後に寺田博主幹の「海燕」の創刊の運びとなり、私はまた「槿」を背中に担ぎあげて、八回目から難儀な坂を登ることになった。

昭和五十六年、一九八一年のことになる。「山躁賦」と「槿」がまた並行して続いた。その年は世の不況とともに天候も異常で、冬の冷えこみが春の遅くにまで及び、梅雨時も寒々しく、年頭から狂気の殺人事件が相継ぎ、往来の人の顔もどこか剝き出しに見えて、天変地異でも起こらなければいいがと厭な気持がするうちに、梅雨明けの猛暑の七月に、八十歳にかかる父親が倒れて入院となった。やがて寝たきりになり、母親の時と同じ病院なので、およそ十年を隔てて、同じ道を通うようになった。髭を剃りに行く。老いた病人の髭は旺盛に伸びるものだ。しかも強《こわ》い。安全カミソリと電気カミソリを交互に使って、二度や三度の手間では済まない。どうにか剃りあがるまでに半時間もかかる。姑息なことのようでも、経済上の分担のほかには、自分の出来ることはこれしかない。病人も気持の良さそうな顔をしている。

病院から家にもどってひと息入れてから外出する日もあり、夜になり人の集まりの中で、襟の間からふっと、病人のにおいの昇ってくることもあった。

病人があると、いつ急報があるかも知れず、旅の仕事も心を急かされる。「山躁賦」

の旅はその秋に無事に済んだ。旅の終りの暮れ方に吉野の山から、桜の林の黄葉を眺めながら長い坂をくだる道々、

——おのづから秋のあはれを身につけて
　かへる小坂の夕暮れのうた

そんな古歌を口ずさんで足を送っていた。葛を売る店に途中立ち寄ると、同行二人、店の老女から学生さんと呼ばれて悦に入った。作品は翌年二月に了えた。

その年、一九八二年の六月に、北海道は日高の馬産地を訪ねて、まだ朝の内に浦河の奥の牧場で話を聞くうちに、同行者が電話に呼ばれて、まもなく席にもどると、お父さまが亡くなられたそうです、と私の耳もとでささやいた。早朝のことだったという。ちょうど海辺の旅館で私が目を覚まして、窓から表の荒涼とした砂浜を眺めていた頃になる。帰り路は長かった。羽田の空港に着いた時には夜になっていた。

吉凶は重なることになり、その年の九月に河出書房新社から私の作品集、全七巻の第一巻が出る運びになった。四十五歳にしてこの上もない幸運だった。河出の編集者、飯田貴司の尽力のおかげである。装幀は今回と同じ菊地信義の手になる。あれはたしかまだ暑かった頃に、第一巻の見本が出来あがってきた折りと思われるが、夜から呑んでいた飯田貴司と菊地信義と私とがなぜだか、もう明けてきた築地の魚河岸の場内

を三人してうろついていた。朝日が照りつけるにつれて、酔いのまわった身体から汗が滲む。その酔いと汗と、手に手にビニール袋に提げた桜海老の臭いに、まるで朝帰りの狐か何かのように、我ながら感じられた。その飯田貴司も今から十年あまり前に故人となった。

一九八三年の春にようやく「槿」を仕舞えた。息切れとともに、一段落と感じた。自分は小説家の資質でないのではないのか、といまさら思いもした。しばらくは短篇をつないで、つぎに長いものに取りつくまで三年ほどもかかった。「仮往生伝試文」は一九八六年、「文藝」の春号から始めた。いつものことで総表題は後からつけたものであり、始めた時には全体の構想もなく、ただ一回ごとに中古の往生話に寄り添って、往生聖たちの思い切りに、ずいぶん烏滸《おこ》なところもあるけれど、豪気なものだと舌を巻きながら、随想に終ってもしかたがないと腹を括って続けるうちに、回を重ねるにつれて小説としては追いこまれるかわりに、筆の運びはなめらかになった。なるほど、往古の物語の気韻に、ヒッチハイクではないけれど、ただのりしているわけだ、と一人で笑ったこともある。

そうして一年あまりもして、連載中は苦労でも連載のない時よりは神経は楽なのかもしれない、と思うようになった頃、一九八七年八月に姉を亡くした。雷雨の未明のことだった。前夜も病室に詰めて更けかかる頃に家へもどり、すぐ枕元に電話を置いて床に就き、雷鳴に目を覚ましかけては、電話が鳴っているような空耳に苦しむということを繰り返すうちに、実際に電話が鳴っていた。篠つく雨の中へ飛び出して車を拾い、稲妻の中を走り、やがて小降りになった頃に道が蒼いようになり、病院の建物の遠くに見えるところに出た時には、西の空が明けていた。空襲の下を走った女子供三人のうち、これで女二人がいなくなった、と思った。

長目の仕事に入るたびに、よくないことが身内に起こる、因果な稼業だ、とまた憮然とさせられたが、しかし五十という年齢を考えれば、どんな職業についていても、そんな循環になりがちなのだろう、と自分で取りなした。「仮往生伝試文」は平成に入って、一九八九年の夏号で仕舞えた。

その間に世間は後に「バブル」と呼ばれた景気に入っていた。私はもとよりその外へ置かれた身であり、しばらくはそれとも気がつかずにすごしていたが、さすがに新聞などで知らされるにつれて、一体、どういうことになっているのか、と外出の折りには周囲を眺めるようにしたところが、景気と言うには、人の疲れがまさるように思われた。電車の坐席に浅く腰をかけ、背は深くもたせかけ、脚を長く伸ばして、そのままずるずると前へ滑り落ちそうなのをわずかなつりあいでとめているような、そんな恰好が目についた。若い者とはかぎらない。たいていのベンチがぐったりと坐りこむ人に占められている。勤務中の身なりの人もすくなくない。

それでも世の中は異常な景気と伝えられるので、これはもしや私自身の、そろそろ二十年に及ぶ稼業の疲れが外へ投影されたものではないかと疑った。あるいはまた、私の思う「景気」というものが、戦後の折々の、まだ貧しいながらの浮き立ちと燥《はしや》ぎに固着しているのであって、いまどきの景気はまったくそれと違った様相に入っているのかもしれない、とそう考えると、いまだに闇市の景気のような活気のイメージを内に抱えこみながら、世間離れのした、辛気臭いような文筆に専念している自分が、変なものに思われた。

世の中の現場とわたりあっている人に聞くと、じつは好況と不況が同居しているようだ、好況の形を取った不況なのかもしれない、と答える。別の人にたずねると、中高年者に退職をすすめる「肩叩き」の話がしきりに伝えられたのはついこの前のことだが、今でも人手不足と人手余りとが、膨張と収縮とが、隣合わせになっている、と言う。世の好不況とかかわりのない暮らしをしているつもりでも、自分もだんだんに追いつめられていくことになるか、と話を聞いていて寒くなった。そう言えば、世の景気のことなどまだろくに知らなかった頃に、二十年あまりも昔に手がけたムージルの翻訳が文庫で出ることになり、それを機にもう一度訳文に手を入れるうちに、いつのまにか翻訳の深みにはまりこんで熱が入ったのも、二十年来の作家の面子《めんつ》ということもあったが、先行きのむずかしさをおのずと感じて、出発点にもどり文章の足固めをするつもりだったか、と振り返られた。それまでは自分の文章に捩《よじ》れが来ないよう、横文字を読むことも出来るだけ控えていたのだ。

そうこうするうちに一九九〇年の暮れになり、新しく始めていた「楽天記」も八分通りまで進んでいた頃、脚がどうかするとよろけるようになった。折りから年末の仕事が立てこんでいたので疲れのせいだと思いなすうちに、中東で戦争の雲行きになり、年が明けてその第一次湾岸戦争のたけなわの頃には、脚の不自由がきわまって、入院の身になっていた。頸椎の一部が壊れて、脊髄を圧迫しているので、手足に麻痺が来ている、とやがて診断された。手術の首尾が悪ければ、四肢不随になるらしい。

世のバブルが弾けるよりも前に、ひと足先におのれの首が壊れやがった、と後からは笑える話だった。

魂の緒

一九九一年、平成三年の二月、第一次湾岸戦争の報道のテレビからの声で病院中が騒がしかった頃、晴れた日の午後に、五階の病室の窓に寄って表を眺めていた。遠くにほぼ建ち上がった都庁のビルの屋上でクレーンがゆっくりと動いているらしいのが見えた。いましがた、ふらりと入ってきた若い医師から、精密検査の結果、頸椎が狭窄していて脊髄の圧迫から四肢の麻痺が進行している、と告げられたところだった。整形外科のほうで手術を受けることになるが、手術の首尾は確言できない、と言う。医師が去ってから窓の外へ目をやりながら、手術の効果がなかった時のことを考えて、治療を求めてあちこちの病院を訪ねるうちに足腰から手まで利かなくなっていく自分を思った。いまのところ、姿勢をあくまでも正しく保っていさえすれば、綱渡りのようなつりあいで、病院の廊下をまっすぐに歩くことはできた。

三月に入って手術は無事に済んで、上首尾だった旨を医師から請け合われたが、それに続く仰向けで寝たきりの、苦しい夜々の眠りの夢に、また病院を訪ねて歩いている。どことも知れぬ港の街の、長い下り坂を一歩一歩、よろけぬよう踏みしめてたどっている。その道が暮れ方の薄明かりにくっきりと見える。何度でも同じ、辻のようなところに来る。永遠にでも繰り返しそうな既視感にうなされた。

四六時中、仰臥《ぎょうが》安静を守らされただけでなく、後頭部から顎にかけていかめしい装具で固定されて、首を左右に振ることもならない。白い天井ばかり眺めて暮らすことになった。三週間の予定と言われた。こうなると人の日常の現実感覚は狂いやすいものだ、と思い知らされた。まどろみから覚めると、寝ていなくてはならぬはずの身体が壁に背中を押しつけて突っ立っている。目の前には白い壁が切り立っている。やがて気がついて、背中の壁はベッドで、目の前の壁は天井だとわかる。水平と垂直が逆転していたわけだ。空間の自然らしさも、人が居たり立ったり動いていればこそ、その目に刻々と保たれているものらしい。いずれははかないものだ。

時間はまして停滞する。三週間と言われても、尽きることもない長さに思われる。つれて昨日も明日も遠くなり、窓を見ることもならず、白い天井に遅々とした日の移りしかなくなる。西向きの窓なので、晴れた日の暮れには赤く染まって、また苦しい夜が来る。夜中には幾度にも寝覚めして、眠っているのか覚めているのか、それもわからなくなった末に、夜明けに部屋の内が白らむと目をあけて、ようやく、また一日が過ぎたと息をつく。この際《きわ》ばかりは、時間が心地良く流れる。地獄にも一日に一時《いっとき》、涼風が吹くと言われるが、あれに似ているか。

半月して予定よりも早く立ち上がることができた。すぐに歩けるようにもなった。それから体力の回復にはまだ手間取って、四月の初めの、花の咲く頃に退院となった。かりにも空間と時間の解体めいたものを見てきた後で、小説を書くなどというのは及びもつかぬことに思われたが、連載中の長篇がまだ二回分を余している。あまり空白を明けては後が継げなくなるとおそれて、喘ぎながら追っつけるようにして仕あげたのはもう夏の盛りになり、「楽天記」とは今の自分にふさわしい題だと笑ったものだが、十月に入って、三月の手術の朝に担架車で手術室へ運ばれる途中でふっと見ればすぐそばに来ていた長兄が、雨の暮れ方に亡くなった。

それから一年あまりもして冬場の二月にまた黒服を着て、亡母の郷里へ向かっていた。そこの当主になる従弟が亡くなった。まだ五十歳の若さだった。私が兄のことを知らせた時には、従弟も大手術の後の静養中の身で、その返信に入院中の苦しみを振り返って、死ぬのも恐れなくなるほどのものだったと書いていた。新幹線から乗継いだ後がいよいよ長旅の、母の郷里の町にあと一、二里まで来た頃に、雪が降り出した。葬儀の間、降り続いた。その頃、随筆の「魂の日」を連載している。魂という言葉を表題にすることになるとは、この入院以前には思いも寄らなかった。もしも魂という観念をすっかり否定したら、言語は成り立つものだろうか、というようなことも考えさせられた。この「魂の日」が「神秘の人びと」へつながった。これも、ヨーロッパ中世の神秘家について何かを書くことになろうとは、自分は一体、何なのだ、と不思議に感じられた。

この「神秘の人びと」と小説の「白髪の唄」の連載中に、一九九五年、阪神淡路大震災と地下鉄サリン事件が起こった。どちらも現実の破れ目から実相がのぞいたように思われたのは、これもまだ病後の反応だったか。

一九九七年は平成九年、その秋に六十歳ちょうどになった。その前年の秋に短篇連作の「夜明けの家」を、その年の初夏には「詩への小路」と後に題して詩人たちをめぐる随想の連載を、それぞれ始めていた。そして十月のある日、群馬県の高崎まで取材で出かけると仕事先のテレビが、ちょうど火曜日でアメリカでは週明けになり、かの地の株式の暴落をしきりに伝えている。その帰り、駅のキヨスクに並ぶ夕刊から、暴落の大見出しが踊っているのに、日帰りの出張社員と見えるスーツ姿の、誰ひとりとして見向きもせずに通り過ぎる。先刻もう手に入れているのだろう、と思ったところが、新幹線が走り出してからしばらくして、車内を見渡すと、やはり誰ひとりとして新聞をひろげていない。いまさら読まされたくもないのだろう、と忖度《そんたく》するにつけても、新聞の騒ぎ立てる以上に深刻な事態なのだろうと思われた。まもなく銀行やら証券会社やらの行き詰まりが相継いで伝えられた。

年が明けて、不況がいよいよ深刻になった頃に、今度は私の、眼が壊れた。右眼だけで見ると、物の輪郭がギザギザになる。眼底の網膜に微小な孔があいたと診断され、三月と五月に手術を受け、それぞれ術後の半月、今度は俯《うつむ》けを強いられた。俯いてさえいれば立つことも歩くことも許されていたので、七年前の仰向けよりはよほど楽だったが、眠る間も顔をまともに伏せていなくてはならないので、鼻の先に空気溜まりをこしらえるのに苦労させられた。我ながら可笑しなめぐり合わせと思っても、詮ないことだった。「夜明けの家」はさいわい、眼の壊れる前に仕舞えていた。

ついでに秋には白内障の手術もして右眼はまずまずすっきりとなり、翌年早々に次の連載「聖耳」を始めたところが、まもなく左眼のほうに同じ症状が出て、三月には網膜の手術を受け、これは一度で済んで、五月には白内障の手術になり、これで治すところもなくなった。同じことの反復によくも堪えられたものだ。五回目の入院の朝に、破綻を来した会社の重役の自殺が新聞に伝えられた。早朝のことだという。病室のベッドに落着いてから、朝方に命を絶つとはどこでどう辛抱の緒が切れたのだろう、としばらく考えていた。その年の間に江藤淳が亡くなり、つづいて後藤明生が亡くなった。両氏ともにまだ六十代だった。

正午前に一時間あまり表を歩きまわるのが、この道に入ってから私の日課になっている。坐業向きの体質でもないらしく、運動もせずにいると頭やら全身が痼《しこ》ってくる。人が朝から働いて空腹を覚える頃に散歩とは、何とも気楽なようで気がひけるが、午後から一日の仕事が控えていて、たいていその日の見通しもつかないので、気の重い時間でもある。それが、金融不安とやらが始まり、私が入退院を繰り返していた頃になり、正午前の散歩に出かけて、いつもの並木路を通りかかると、今まで見かけなかった光景を目にするようになった。欅の並木の両側に幾台も並ぶ鉄製のベンチの至るところに高年の男たちが寝そべっている。午前から昼寝でもないようで、閑をもてあまし、身をもてあました、その末のことらしい。私の同年配の停年になったばかりらしい者もいれば、もうすこし若い、世の常ならばまだ現役中のはずの者もいる。

大勢の高年者たちが経済の行き詰まりの皺寄せにより倒産や縮小に遭って、世の活動の外へ押し出されたものと見えた。長年忙しく働いてきたそのあげくに、いきなり放り出され、ひとりになり、いまさらどう日をすごしたらよいものやら、となりかわって思うにつけて、自身の何十年来の暮らしが振り返られ、たえず仕事に追われてきたようでもあり、じつは白昼から寝そべってきたようでもあり、けだるい「邯鄲《かんたん》の夢」の覚め際の心地もしてきた。

初夏から二カ月ほどもベンチに居つづけた男もあった。夜もそこで眠っているようだった。台風の接近した大雨の中でビニールのレインコートを頭からかぶりベンチでじっと坐っているのを見かけた。晩秋から黄昏《たそがれ》時になると荷物を抱えて並木路に現われ、ベンチに寝床をこしらえて、すっぽりともぐりこむ男もいた。これはひと冬続いた。どちらもどういう事情があるか知らないけれど、あきらかにホームレスではなかった。ホームレスにはダンボール製だろうと、かりにも雨露をしのぐ「家」があるのにひきかえ、家のある者が家の内に身の置きどころのなくなることがあるらしい。もう十年あまりも昔のことになる。今ではベンチに、人が寝そべれないように、中仕切りがつけられている。

二〇〇〇年は平成十二年、旅行中の宿でヘルダーリンの詩を読むうちに、これはギリシャ語のおさらいをしないことには音韻からしてわからないなと思い立ち、帰ってきて文法から始め、どうせ三日坊主と思っていたら案外な御辛抱で、アイスキュロスとソポクレス、ピンダロスまで読むことになり、後に前ソクラテスの哲学者たちからホメロスにまで及んだ。読んでたどたどしいながらの恍惚感があった。

その二〇〇〇年の十一月に新宿の酒場の「風花」で朗読会が始まった。私がホスト役と前座をつとめ、そのつどゲストとして一人か二人、さぞや厭がられるだろうと気がひけたが、酒場のほうから依頼してもらうと、都合のつくかぎりひきうけてくれた。音と理とを書いたものを声に出して読む、そして自分で聞くことの大事さを感じていた。音と理との関係にも興味があった。カウンターの内に入って読むので、カウンターを隔てすぐ目の前に聞き手が居並ぶというのも、苦しいけれど貴重な機会である。しかしそんなことよりも、近頃すっかりひきこもりがちの暮らしになったので、ささやかな人集めに加わるのもよいことだろう、というのが動機だった。その後、年に二、三回ずつ集まって、二十九回まで続くとは思っていなかった。

その第二回目、二〇〇一年の三月の朗読会は、私の四十代の作品集に尽力してくれた、飯田貴司のお通夜と重なった。まだ六十の坂を越したばかりだった。通夜の席から朗読会の前座には間に合わない。そこでゲストの島田雅彦にトップの役を頼んで、遅れて寺から駆けつけ、扉の前まで来てはたと立ち止まり、賑やかな会にこんな喪服姿で飛びこんだら人は驚くだろう、と及び腰で内をのぞきこんで、私のほうが驚いた。

島田雅彦がレストランのコックの出立《いでた》ちで、それも本格の帽子までかぶった完璧な装束で朗読しているではないか。ひろくもない酒場にぎっしりと詰まった人たちがカウンターの内のパフォーマンスに気を惹きつけられているその隙に、壁際からその背中をすりぬけ、手洗いに駆けこんで、ネクタイを締め換えた。飯田貴司は眠っている、と手洗いの静まりの中で感じた。

老年

高年の人ならばたいていそう思うところだろうが、平成に入ってからというもの、年月の流れがめっきり速くなった。西暦の二〇〇〇年になった時には、平成のすでに十二年になると数えて驚いた。考えてみれば、芥川龍之介が亡くなってから、私が生まれるまでに、わずか十年にしかならない。西ではフランツ・カフカの没年から私の生年まで、十三年。

二〇〇二年にフランスのナントの街で朗読会があり、私も参加して「聖」を読んだ。通訳の人をたよりに、できる限り透明な、聞ける日本語を話すように心がけたが、その始めの挨拶に、おもに学生から成る聞き手たちが、何だか年齢不詳の男が出てきたぞという顔をしているように見えたので、わたしは一九三七年の生まれですと切り出すと、通訳と同時に、ヒェーという驚きの叫びが会場から立った。なるほど、いつまでも稚い顔をしているわけだ、と我ながら呆れたついでに、もしもわたしが少年の頃にヨーロッパで暮らしていたなら、ヒトラーの姿を見ていたかもしれません、とつなぐと、笑いが巻き起こった。

それにつけても思い出すことがあった。それよりも十二年前の一九九〇年ドイツ統一の直後の、旧東ドイツのワイマールを滞独中の旧友と訪れて、宿に荷をおろして街で夕食を済ませてもどると、われわれにはまだ宵の内と感じられる時刻に街は深夜のように暗く、人通りもなく、家々はわずかに窓の灯を洩らし、ストーブに石炭を焚くらしく、屋根の煙突が淡い煙を、細く立ち昇らせている。その光景を窓から眺めて、あの屋根の下で暮らす私と同年配の人たちはいまどんな気持でいることだろう、物心のついた時にはもうナチスの時代に入り、戦争があり、敗戦後数年で共産主義体制に入り、そして二十代、三十代、四十代、そして五十代を越していまさら、解放とやら自由化とやら言われても、詮ないのではないか、と思いやられた。ひるがえって我が身のことをかえりみて、空襲に怯えて、敗戦の焼跡の闇市をペタペタと走りまわって、経済成長が始まって、そして、そして、そして、とたどろうとしたがすぐに詰まって続けられなくなった。

二〇〇二年の六月から「野川」の連載が始まっている。短篇の連作のつもりが回を重ねるうちに長篇らしい形に入ってきたのは、その間に再三にわたり、私としては長めの旅がはさまって中断され、帰ってくるとそれまで書いたところを忘れかけているという、そんな間合いがさいわいしたようだった。旅行中、知りもせぬ所を知ったような気持で歩いている自分を見て、東京では近頃めっきり道に迷うようになったのに、と怪しむことがあった。なまじ知った所なので、その間にすっかり変わったことも忘れて、迷うのだと思った。あるいは自分にとって、生まれた家も町も一夜の内に焼き払われてからというもの、土地というものはなくなっているのかもしれない、とも思われた。ところが「野川」をすすめるうちに、場所と土地とが、こちらから求めるわけでもないのに、むこうからやって来るようになった。いつのまにか私はそこにいる。長いことそこにいたような心地になる。記憶の場所と土地ではない。あくまでも作中のものである。しかし記憶のような翳《かげ》を留めている。二〇〇四年の初めに「野川」を仕舞えた時には、もう六十代のなかばを越しかけているけれど、まだ道はあるなと思った。

　その年の七月に「辻」を発表して、そこからまた短篇の連作が始まった。辻という主題はソポクレスのオイディプースに触発された。生涯の罪業を知ってみずから眼を潰《つぶ》したオイディプースが年月を隔てて振り返り呼びかけた、デルポイから来てテーバイに至る辻、そこで知らずに実の父を殺し、知らずに産みの母との婚姻へと道を取った運命の岐路である。そんな凄惨な生涯を私自身が負っているわけではない。しかし男ならば、知らずに父親を殺して母親のほうへ向かうにひとしいことを犯した、あるいは知らずにそれを避けた、そのような辻がどこかに、あちこちに、あるいは至るところにあり、通り過ぎたきり二度と来ないとしても、辻そのものはついてまわるのではないかと思われた。とは言っても、まずは人並みにやってきた身としては、劇的なように動かすことは僭越に類することであり、日常の細部からそのつどわずかずつ起こすよりほかにない、と心がけた。起こらなかった悲劇の、さかのぼって内で起こる、その幕前《まくまえ》まで行ければ、それでよいと思った。

その翌年の春に、その八年前から詩の雑誌の「るしおる」に細々と続けていた「詩への小路」が二十五回目で終った。中世イスラムの詩人から始めて、西洋の詩人たちを巡礼してまわり、ギリシャにまで及んだ末に、最後の十回は、随筆の枠の内ではあったが、ライナー・マリア・リルケの「ドゥイノの悲歌」の翻訳となった。それについて随想するつもりが、いつのまにか翻訳にかかっていた。若い頃に十年ばかりその門前の小僧であった西洋文学畑への、何十年も遅れた御礼奉公になった。その秋に「辻」の連作を仕舞えた。

その翌年の春から連作の「白暗淵《しろわだ》」を始めた。文語訳聖書の創世記の「黒暗淵《やみわだ》」から取った題である。闇はきわまれば白くなると思っている。連作を始める時は、遠洋からの帰路にもうこれきりで船を降りようと思っていた老船長が、陸《おか》に上がって半年もするうちに、また海へ出るよりほかにないかと渋々支度にかかるのに似ている。この連作まではほぼ毎月の連載を守っている。

翌二〇〇七年は七十歳を迎える年になった。その初夏に「白暗淵」の連載が終り、さてこの次はどうしたものか、とさすがに行き暮れているうちに、どうかすると膝がぐらつくようになり、その危うさに覚えがあって病院に行くとはたして、頸椎にまた狭窄を来たしていると診断され、八月に十六年前と同じ病院の、同じ医師にかかり、手術となった。その十六年の間に手術のやり方がよほど進んでいて、術後半月もの仰臥固定もなしに済ませるようになったとは、つとに聞かされていた。それでもまもなく七十になる年齢のことだから、こちらの身体のなにかの間違いによってはこれきりになり得る、と考えると日常の些事すらかえって永遠の相をあらわしているように見えることもあったが、衰弱感に昔は暗いものがあったのに、今ではほのぼのと、明るいようなものがともなう。これも老化のおかげかと思った。

聞かされていたとおり、手術の翌々日にはもう立って歩けるようになっていた。午睡から覚めると、全身麻酔の後遺症でもあったようで、寝ているはずのが突っ立っていることもあったが、またやっている、とつぶやくと感覚失調はすぐにおさまった。それよりも自分でも思いがけなかったのは、入院前から手術後にかけて、連歌の百韻を独りでとにもかくにも吟《よ》みおおせたことだった。入院前に心敬やら宗祇やらの連歌をまた読みこんでいた。移り流れの見事なところを書き写しもした。しかし自分のできることとは毛頭思っていなかった。それがたまたま発句が浮んで、何日もしてからふっと脇句が付き、第三句も出ると、句が句を間遠に呼んで、他人のもののようになり、手術をはさんで、入院中に仕上げた時には、何を以ってかは知らないけれど、以って瞑すべしと思ったものだ。短篇の内に埋め込むことにした。

二〇〇八年の春から「やすらい花」の連作を始めた。七十を過ぎて病後でもあり、隔月の連載になった。そのかわりに毎回、枚数を十枚ほどふやすと、長い仕事に感じられたが、その分だけ作品の着地を急ぐこともなくなり、途中でしばらく迷うゆとりもあり、流れが楽になった。短篇は壮年の内に書いておいたほうがよい、老年に入るとどうしても瞬発力が利きにくくなるので、と昔先輩に言われたことを思い出した。しかし私にとっては、四十数枚の作品も十分に長い。

病気の賜物でもあったが、それまでにくらべればだいぶゆったりとした呼吸で書き継いで、翌年の夏に連作を仕舞えると、秋になり、後にリーマンショックと称して、アメリカの泡がはじけた。その道の尖端のエキスパートたちが競って、素人の目から見てもかならず破綻に至るはずの道を突っ走った。それをまた突き動かした言葉、とりわけ新造語が符号化して前後の経緯と左右の関連を切り落とされ、事を制御する力を失ったようだった。それにしても今度もまた、自分の頸のほうが一年あまりも先に壊れた、と年寄りは何かにつけて自慢したがる。

二〇一〇年の三月の初めに、寺田博が亡くなった。七〇年代から「文藝」と「作品」と「海燕」の編集長を歴任して、文壇の変わり目を幾度かにわたって支えた人である。私にとっては長年の指南役でもあった。あの年は春先の天候がぐずついていつまでも暖かくならず、三月に入って幾日かしてようやく晴れて春めいてきたかと思われた、その早朝のことだった。私はたまたま寝覚めていて、明けていく空を眺めていた。その午後にはもう天気が崩れた。

その前々年の暮れに、忘年会と称して、十人ほどが寺田博を囲んで集まった。その席上、さる病院でセカンド・オピニオンを尋ねて来た寺田博が、俺もいよいよラストステージに入った、と変わらぬ強い声で言って、まわりをしばし黙らせた。二次会ではカラオケで唄っていた。前へ踏みこむ生き方だった。

その寺田博を送る会の日、もう梅雨時に入っていたが、私はよろけそうな足を踏みしめて会場へ向かった。前夜だいぶ遅くに床に就いたところが朝方に猛烈な工事の音に眠りを破られた。外の音ではなくて壁の内にあまねくこもるドリルの音なので、身の置きどころもなくて戸外へ逃げれば、表は折りから大雨だった。結局は一睡も継げずに、耳から身体を聾《ろう》されたような感覚のまま出かけることになった。築四十二年、私が入居してからも四十二年に及ぶマンションの養生、外壁修繕の全体工事に入っていた。

足場が組まれ、建物は白い繭のような網にすっぽりと包まれた。外壁の至るところ、病んだ箇所を穿《うが》ち削り補強する機械の音が朝からかぶさってくる。やがて夏に入った。異常に暑くて長い夏だった。これで三回目の大修繕になる。一回目は私の四十代の頃で、それほど大がかりでもなく、私もまだ若かったので耳を苦しめられた覚えもない。二回目は私が頸の手術を受けた後だったので、自身の老化と照らして苦《にが》い気持にもなったが、今回はまさに老体を、養生とは言いながら、削られるような気持になることもあった。しかし今回をしのげば、次の大修繕はもう、自分の知ったことではない、とそう考えて安心するにつけても、生涯というものをようやく、実に端的に数えているな、と自分で苦笑させられた。

壁の内にこもる音に堪えられなくなると、いっそテラスに逃げて木の椅子に腰をおろす。外から降る音のほうがよほど楽である。坐りこんで息をついているうちに、外から耳に押し入る音と、耳の内に詰まった音とが、その圧力がおたがいにつりあったみたいに、なにやら寛《くつろ》いだような心地にしばしなる。防空壕の底にうずくまって頭上の敵機の接近に耳をやっていた子供がいつか七十を過ぎて、コンクリートの建物を震わす音の中で惚《ぼ》けた年寄りの陽向《ひなた》ボッコみたいなものに耽っているのも、めでたいと言うべきか、索漠としてめでたいということもあるか、とそんなことを思った。しかし終の栖という考えはいまだに身につかない。いささか解体中のおもむきのある工事を見れば、いつなんどき異変が起こって、この年で、ここに居られなくなるか知れない。

工事が盛りをまわりかけた頃、猛暑はまだゆるまなかったが、日の暮れに散歩に出ると、梢を渡る風が秋めいて、その風に運ばれて、蜩の声が聞こえてきた。蜩の声は敗戦の夏の終りに、母親の郷里にまで落ちのびていた私にとって、帰心をしきりにそそったものだった。帰心と言っても、家は焼き払われて、帰るところもなかった。

翌年の三月、六十六年前の本所深川の大空襲の翌日、短篇連作の「蜩の声」の七回目の作品を書いている最中の午後の三時頃、眩暈《めまい》かと思ったら、底から揺れ出した。

机に向かったまま感じ測るうちにも、横揺れが奔放になり、これは感受の限界を超えるかと息を呑んだ瞬間もあったが、その境の手前まで来て切迫はゆるんで、そのかわりにいつまでもいつまでも、敵の編隊が近づいて遠ざかるほどの、幼年と老年との間を魂が往復しそうなほどの長さにわたって揺れつづけた。

Ⅱ 創作ノート

初めの頃

　来る日も来る日も翻訳に没頭していた年がある。原稿用紙の枡目を埋める仕事にまだ馴れない頃だったので、この長篇小説が全体で何百枚になるものやら、あるいは千枚を越えるのか、見当もつかなかった。だいたい、物を書くその分量を枚数ではかる感覚が身についてはいなかった。ましてこれがいつ仕上がることか、朝から晩まで励んでたったの二枚などという日もあったので、まさに前途遼遠だった。そう溜息をつきながらたいして挫《くじ》けもしなかったのは、まだ若かったしるしである。

「もうすぐ三十ですと、いつ訊いても答えるけれど、君、なかなか三十にならないじゃないか」

　勤め先の大学の年配の教師によくからかわれた。昭和の四十一年、二十八から九になる頃だった。結婚はしていたが子供はまだなかった。北多摩郡上保谷の、畑の縁に四戸並んだ借家のひとつに暮していた。家のすぐ裏手は——じつはこちらのほうが裏なのだが——漬物などをつくる食品工場で、甘酸っぱいにおいが終日《ひがな》漂っていた。畑のむこうに繋る林が「大家さん」の農家の屋敷林で、春先になってそちらの方角から風が走りはじめると、防風林の御利益《ごりやく》はこちらまでは及ばず、午後から雨戸をひたと閉じても、晩には家じゅうに黒っぽい土が積もった。そんな日は早くから握り飯を炊き出しておいて、三間《みま》ある家のいちばん奥の六畳の部屋で、古シーツをかぶって過した。夜が更けて風がおさまると雨戸を開け放って土を掃き出し、小さな風呂を焚く。

その前に、昭和四十年まで三年間、金沢市で暮していた。その間に三十八年の豪雪もあり、スコップを持って大屋根へあがる日が続いたりして、あの陰湿な風土に身体がいささか馴染んだせいか、関東荒涼の地にもどると、こちらの風《かぜ》にこそ子供の頃から馴染んでいるはずなのに、その春にたちまち喘息が出てきた。寝入りに咳きこみ寝覚めに咳きこみ、臥すのも苦しく床の上に起き直って進退きわまり、あげくのはてには喉が掠れて声も出なくなり、新学期の授業に一週間も穴をあけてしまった。そいつはドイツ語の初等文法を教える時の、白墨《チョーク》の粉塵の祟《たた》りではないか、と笑う先輩もいたが、とにかく夜中によほど不吉な声で吼えていたらしく、これを夜な夜な耳にした隣家の、職人たちの宿所の賄《まかな》いの小母さんが外で妻をつかまえて、お宅の亭主はこの先もう長いこと、とまでは言わなかったが、自身が若い頃に亭主を肺の病いで亡した苦労をしみじみと語った。その旨を妻が家にもどってきて、なんだか面映ゆそうに笑って報告したものだ。

砂塵の跡を掃き出す時のことだが、初めの頃にはそのための電気掃除機すら家にはなかった。ＮＨＫの集金人が来たので、テレビはありませんと答えると、それはわかってますが、しかしラジオまでと目の前で首をかしげていた。露骨な疑惑の表明というよりはなんだか、こちらの頑固さに職務上困りはてている様子にも見えるので、こちらも気の毒で困りはてた。新聞も取っていないぐらいなので、とそう言ってやったらすこしは得心したろうか、と相手の帰ったあとで今度はこちらが一人首をひねったものだ。家賃が給料の三分の一以上に喰いこんでいた。原書の値段もその残りの枠の中ではずいぶん高かった。しかし頑固だったこともたしかである。物心両面にわたって、あれでなかなか頑固に切りつめていた。無聊《ぶりよう》退屈でもいいから、できるかぎり閑でありたいと思っていた。

抽象的なものが好きだった。生理的な欲求に近いものがあった。数学書をあれこれ、もちろん一般向けのものだが、回転の悪い頭で熱心に読んだ。哲学史からやがて科学史へ興味が移った。ハイゼンベルクなどもすこしずつかじりだしたが、所詮そちら向きの頭でなくて、赴くところはドイツ流の自然哲学ふうの、厳密なるロマン主義、のようなものであった。文学のほうではロベルト・ムージルから、ノヴァーリスに熱中した。ホフマンスタールはほぼ絶やさず読んでいた。いずれヤーコプ・ベーメ、マイスター・エクハルト、中世の神秘主義へ向かうと思っていた。ギリシャ語の基本文法をひと通りさらって、プラトンなどをたどたどしく読みはじめたところだった。外国語のほうが自分にとっては、すくなくとも抽象的であるその分だけ、清潔にはたらくと感じていた。精神性の或る方角へ、たしかに自分なりに遠い陣を布きかけていたようだった。そこへ、翻訳の大仕事が転がりこんできた。今から考えて、その「好運」が悔まれることもある。

日本語の、文章を書くことにこだわりだした初めだった。翻訳の仕事はこれで二度目になり、前にも苦労させられているので、けっして安易に取りかかったわけではないが、今度はヘルマン・ブロッホの「誘惑者」であり、好きな作品でそれまでにかなり読みこんだという自信もあり、まず楽しい仕事になるかと思ったらそれが、冒頭の三ページばかりをとにかく原稿用紙のうちにおさめるまでに、かかりきりで一週間かかってしまった。満足な文章にならない。自分がいかに日本語を書けぬか、思い知らされた。こうなると根が粘着質の人間だけに、負け軍《いくさ》に負け軍をかさねてもいつかは逆転の手応えをとばかり、泥沼の中へずぶずぶとまっすぐ入りこんでいくかたちになった。全体をとにかく一度訳してからもう一度じっくり書き直そう、と思い定めたのはまたずいぶん気の長いことだった。しかしまた、すこしでも間をあければ道すじを見失ってしまいそうな恐れがあり、それこそ明けても暮れても、夏は卓袱台をかかえ冬は炬燵に背をまるめ、テキストと原稿用紙に、いささか偏執的な眼をじわりと注いでいた姿は、われながら気味が悪い。

ちょうどその年、ドイツ文学関係の友人から文芸同人誌に加わらないかとすすめられて日曜の夕方の集まりに出かけたのが、「白描」の会だった。これはおもに早稲田の仏文出と東大の独文出と、サラリーマンと大学教師と、すこしく心やさしくなりすぎた小説といよいよ筆の硬い論文と、そういう妙な取り合わせの会で、同人たちはいずれもすでに中年に深く入りこみ、それぞれの勤め先で多忙な身になっていた。同人の一人がちょうど海外出張中で、そちらから着いた航空便を座中順々にまわして読んでいたところが、一人がその手紙を手に取り、読もうとして、ひょいと目から遠ざけたとたんに、あら、厭だ、と隣にいた女性同人が悲鳴をあげ、眉をひそめて笑い出した。まさか、あなた、老眼では——そういう年配の集まりだった。

もう一人女性の同人がいて、ある晩、二次会の酒の場でご亭主のことを語りはじめ、その批評が是にわたり非にわたりまことに公正、爽やかな京風の抑揚に乗ってあまりにも、あまりにも理路整然としているので、聞き手の中年男がしどろもどろに相槌を打っていた。

「白描」には七号から参加したことになる。その七号にさっそく入会の手付けのかたちで書かされた短いエッセイがどうやら私にとって、縦の活字に組まれた最初の文章ではなかったか。大学の論文集はたいてい横組みである。たしか、出来あがった雑誌を手にして、縦が嬉しかった覚えがある。そうこうするうちに、着手してから一年ほどで、千六百何十枚の翻訳は仕あがった。一度目の下訳のことではない。二度目も終った、完成したのである。今から思えばまさに狂気の沙汰の打ちこみぶりであった。校正刷の手入れも済ますと編集者から三十枚の解説も書くよう命じられて、千六百枚にくらべれば何ほどのこともないと取りかかったところが、これにまたひどい苦労をさせられて、自分の文章というのはまた別なのだ、と気落ちさせられた。しかしとにかく私の翻訳「誘惑者」は四十二年の四月に筑摩世界文学全集の第十七回配本分として出版されることになり、私は数カ月後に生まれて初めて百万円という大金を手に入れた。この《ささやかな大金》が順々に送り越されて、三年後に大学勤めからきっぱり離れる際の細基手《ほそもとで》となったのだから、そちらへ足を向けては寝られない。

「君はまだ三十にならんのかね」と先輩はひきつづき私の顔を見ればからかった。十一月生まれなので、もうちょっと待ってください、と私はそのつど答えた。翻訳の解説を済ませた頃に「白描」の締切りの時期が来た。一年の労苦で私はようやく疲れが出て、それに自身の文章には見切りをつけかけていた頃で、書くことは何もないような気がしたが、中年たちの同人誌にとっては原稿を寄せることが第一の責務なので、翻訳するうちに教えられたことのひとつを取り出して、群衆を熱狂とパニックにおとしいれるきっかけとなるものについての軽い考察をエッセイに書きはじめ、十五枚を超えたところで論旨が朦朧となり、二十枚足らずで無理やり締めくくって郵送した。ところがひと月もしてそれが返送されてきた。今号の編集担当者が手紙を添えて言うには、なにしろこれを入れて三本しか原稿が集まっていない、いくら同人多忙とはいえこれでは雑誌は立ち行かない、締切りを大幅に遅らせて目次の拡充をはかるので原稿はひとまず返す、という。そう言われればいい加減なものを提出したことを咎められている気もしてきて、同じ原稿に心を入れかえるつもりでまた向かったものの、読み返せば読み返すほど救いようのない文章で、思案に暮れているうちに、小説を書いてみる気になった。

これが「木曜日に」で、処女作にあたるわけだが、思入れの力瘤が端々でごたごたと盛りあがって、書いたあとから自分で目をそむけていた。翌年の合評会ではまたして悪評で、いちいちもっともとうなずかれ、抽象の清潔さは、あの欲求はどこへ行ってしまったか、と我ながら憮然とさせられた。その間に子供が生まれて、ようやく三十になり、翻訳騒動のために中断されていた最初の布陣を立て直すべく、ホフマンスタール、それからムージルをじっくり読み返した。

そのムージルについて、以前よりもだいぶ読めるようになったな、と思われることがあった。すると数日して、そのムージルの翻訳仕事が飛びこんできた。しかも私がかつてもっとも興奮して読んだ二つの中篇である。いよいよこだわることになるぞ、とまたしてもの「好運」に眉をひそめたものだ。

それが四十三年の初めのことで、五月中には「愛の完成」と「静かなヴェロニカの誘惑」、百四十枚ほどと百枚ほどの仕事はしまえていた。三十枚の解説も書かされた。その頃になるとまた次の「白描」の締切りが迫ってきた。私はその夏のうちにニーチェについて小論を書く予定でその準備も進めていた。それで時間はなし、それに今度こそ書くことがない、と困りはてて、前年のエッセイの残骸を取り出してきた。厭々書くうちに興が乗り出したことだった。その当時、私は職業柄もちろん仕事机というものは持っていたが、そちらへ向かうことはあまりなくて、たいていの仕事は炬燵か卓袱台で済ませたものだ。卓袱台の場合は道具をいろいろ上にのせたまま抱えこんで、部屋から部屋へうろつきまわり、心地の良さそうなところにひょこんと坐りこむ。いきなりな場所に、いきなりな向きで置いて背をまるめていたように思う。それでも筆のほうは勝手に弾んで、三日で仕あげたとは言わぬが一週間とはかからず、二十枚足らずのものが五十枚を超えた。最後に「先導獣の話」と表題を定め、ちょっと首をひねってから、「これは小説です」と編集担当者に宛てて書き添え、そのことにはあまり確信も持てなかったが、読み返しもせずに送ってしまった。楽しんだ、とだけ思った。

後のこともいろいろ考えあわせると、私は生来、想念感覚の鈍重なほうで、おおむねはゆっくりと進むよりほかに能もないのだが、それでもところどころで、ヒステリー気質でもあるのか、鈍獣が跳ねるというか、言葉の勢いに乗って、あやしげな展開をやる癖があり、それを「検閲」するためにも二度書きというやり方に頼らざるを得ない。あまり自然なことではないとは思うのだが——。

同じ年の九月の末に今の住所《ところ》、世田谷の馬事公苑近くに越してきた。その後、疲れが妙に長びくと思っていたら、十月の末の冷い雨の降る日に教室でいきなりひどい歯痛が始まり、授業を終えるまでこらえるのがやっとで大学の近所の歯医者に飛びこむと、虫歯が骨髄炎を起しかけていると言われた。ついでに何カ月かかけて虫歯を五、六本も治療され、年齢のせいと言われて、弱冠三十一歳が、歯がぼろぼろになったみたいで、いくらか気が弱くなった。その十月から年内に読んだ本はたったの一冊、ジョイスの「ユリシーズ」の訳本だけだった。何をする気力もなかった。書くことはまして、翻訳にしろ自分の文章にしろ、炉の火をすっかり落してしまった感じで、以前はどうしてあんなことが出来たのだ、といっそ訝かしいぐらいだった。

その頃、勤め先は立教大学だったが、週に一度だけ一橋大学の小平分校まで非常勤で通っていて、その日は朝の七時前に家を出て千歳船橋まで歩き、小田急で下北沢、井の頭線で吉祥寺、そこで立蕎麦を啜ったり安い牛丼を搔き込んだりして、中央線で国分寺、西武線で小平まで、片道二時間の旅を繰返していたが、その帰り道の夕暮れ時、あのあたりはとくに空っ風が強くて、毛穴ひとつひとつに砂塵が染みこんだような心地になり、寝不足とあいまって全身がひからびてしかも熱っぽく、目は腫れぼったく爛れのけはいをふくみ、そのつど、こんな暮しはいつまでも続けていてはいけないな、と思ったものだった。こんな暮し、と言うけれど、ドイツ語を教えるよりほかに能もない。楽と言えばこれほど楽な商売もない。いまさらどこへも、転職など出来るわけもない。一生の生業はすでに定まった、と考えれば自明もまた自明、逸れられっこないとよくわかるのだが、一本道もいよいよ限界に来たみたいな、つぶやきが勝手に洩れるのは、あれは妙だった。一年後には退職の気持をすでに固めている、とは夢にも思っていなかった。

四十四年の二月には「円陣を組む女たち」を書きあげて創刊予定の「海」へ提出した。これは何だ、小説か、と自分でまた思った。その前に、たしか前年の「先導獣の話」の前に書いたのだと思うのだが、やはり「海」に提出していた「菫色の空に」が知らぬ間に、これも復刊当初の「早稲田文学」の編集部にまわっていて、ある晩、立原正秋氏から電話があった。このままでは載せていただくわけにいかないと頼んで返してもらって書き直したのが復刊のたしか二号か三号に載り、「応分」の稿料を支払うと葉書が来たので喜んで待っていたら、一枚百円だった。はじめての原稿料ではなかったかと思う。「白描」では一ページ五百円、書いたほうが払った。

同じ年の四月に學藝書林の八木岡英治氏から電話をいただいて、高田馬場の喫茶店でお会いすると、八木岡氏はこちらの顔を見るなり、「はあ、まだお若いんですな」と言われた。「現代文学の発見」という個性ある全集の、無名新人の作品を集めた別巻に「先導獣の話」を加えてくれるという。商業誌に一篇も発表されないうちから、別巻とはいえ全集に入る。これは嬉しかった。あまり嬉しいので、その全集を全巻買った結果、差額をこちらから振り込むことになった。一日遅れぐらいに「文藝」の寺田博氏から電話があり、「古井先生でいらっしゃいますか」という。あとで親しくなってから聞いたら、「白描」の作品を読んで、かなり年配の教授だと思ったそうだ。そう言われれば、時代離れの古めかしいところもある文章である。

あの日、八木岡氏に会うために勤め先の大学を出た時には、構内はハンドマイクで叫ぶ学生たちの声で騒々しかった。五月に入り、私の属さない学部の移籍人事の、賛否に碁石の白を投じたか黒を投じたかの問題で紛争に火がついて、あっさり授業が停まった。その頃、「白描」の会が物価上昇と、中年同人たちの多忙で立ち行かなくなり、十号でいちおう休刊と決まった。最終号には各人力をこめて書こうということになり、私は「雪の下の蟹」を書いた。過去の一時期が、むこうから寄ってきてくれるような、心地よい手応えで、なんだかこれが最後で、もう書かなくなるのではないか、と変なことを思わされた。授業再開の見通しもつかぬままに夏休みに入り、その間に「群像」に促されて「子供たちの道」を書くことになったが、しかし本職が停まるとはこんなものか、と茫然とさせられることがしばしばあった。

擬似戦争という、聞いたこともない言葉がまたあの頃よく頭に浮んだ。軍《いくさ》ではないのだが軍のおよそあらゆる心理があらわれる。その意味では軍よりも軍らしい雰囲気が濃く支配するのだが、現実の軍が到来すればたちまち非現実となって吹き飛んで、人はただ逃げ惑う、そういうことはあるのではないか、と。破局が身に迫る間際まで、不安は不安として、人は現実からやや浮きあがり、深刻な面持をしながら、むしろ恐怖をことさら招き寄せるような軽躁の中でうかうかと時を過す。危機感というものにはそういうところがあると思った。

ある学部の追及集会で年配の教授が学生に追いつめられて、この大学はすでに解体しているので、と口走った。こんな言葉をこの人は生まれて初めて口にしたのではなかろうかと思われる。ほんとうに、そう思うのですか、先生、と学生はさらに迫った。それなら、その旨を立看板《タテカン》にはっきりと書いて校門の前に出してくれますか、と。はい、出します、と教授は壇上で約束したが、結局はうやむや、沙汰やみとなった。

高を括っていても、現実のほうがあとでひとりでに解体していく。周囲の世界が変らぬ日常を保っていても、そこひと所だけが崩れていくということはある。外が修復されれば、内へ侵蝕は進む。その頽廃に逆らうには、教職の人間として矛盾の中でよほど腰を据えるか、あるいは生活者として、ここでしか喰えないと腹をくくるか、どちらかでなくてはならない。とにかく、踏んばれる場所に身を置くことだ、と思う心がだんだんについてきた。

年末に入って授業が再開されてみると、すべてが以前とまず変らない。それを見て、これは辞めてもいいな、年々歳々こぼれるのが一人や二人いるのと一緒だ、とつぶやいた時には、職を離れる気持は固まっていた。このまま残れば、書くことに淫して、学校の仕事を、生業をおろそかにする、かならずそうなる、この俺は、と思った。教職をいっさい離れる、とまた青年みたいに思い切ったことを、至極平静に申し出るので、研究室のスタッフはまた変なのが来やがったと、はじめは真にも受けなかったが、こちらがひきつづき平静で、意思も変えないので、おいおい、了見はまるでわからないがまあ仕方がないと思ってくれた。年度末も遠くなかったので後任人事のことでは迷惑をかけた。

そうと決まって、四十五年の一月から、「男たちの円居《まどい》」を書きはじめた。先々の心配をさしあたり目の前の仕事に集めることにしたわけだ。そうなると心細さに苦しんでいる閑もなくなってきたが、長年使い馴れてきた万年筆のペン先がつぶれて、新しいのにつけ換えてもらったら、どうしてもインクがかすれて、字が書けなくなったのには往生した。急遽ボールペンに替えて、百七十枚ほどようやく書きおおせたが、手首から肘まで、ごわごわに凝ってしまった。

その間も大学のほうの仕事は初夏から初冬にかけておこなわれなかった分を消化す

るために続いて、すっかり仕舞えたのがたしか三月三十日、翌三十一日には事務室に出頭し最終の手続きを済まして放免となった。

——単行本はいまだなし、商業誌に載ったのが二作、予定が一作、次のテーマは五里霧中、三十二歳、二女の父、無職……ようやるよ。

とにかく一作仕あげた安堵感から、帰り道でようやく自嘲が出た。

駆出しの喘ぎ

昭和四十五年の四月一日から、自由業とはなった。金沢大学に三年、立教大学に五年、併せて八年の職から離れたことになる。三十二歳だった。感想はどうですか、とある日編集者にたずねられて、そうですねえ、昼寝をしていて、ああ、この時間は無給なんだなと思うことはありますね、と答えたところが、それがめぐりめぐってさる大家《たいか》の耳に入ったようで、まだまだ甘いな、とその感想がまたはるばるこちらまで伝わってきた。そのとおり、まだまだ甘いぞ、と自分でも思ったものだ。

一度に心細くなった自身の境遇を思えば思うほど、呑気にしかなれない、という奇妙な体験をした。三月のなかばに百七十枚あまりの原稿を「新潮」に出して、原稿が読みにくいと苦情を言われたが受け容れられ、当面の収入のあてはついた。それまで「海」と「群像」に書いたところでは、原稿料は一枚七百円から八百円だった。最終の給料はたしか手取りで月に七万ほどだったかと思う。つまり退職後の二カ月分の収入は確保したことになる。しかし次の予定作品の締切りは六月である。七月の末までもはや金は入らない。それはそれとしても、すこし長めの作品を書くつもりなので、四月に入ってすぐに始めてもまだ時間が足りないぐらいだ。とそう焦りながら、仕事にかかろうとしない。焦りそのものにも呑気の色があった。

人は危機に入るとかえって物を思わぬものらしい、と我ながら呆れることもあった。後から振り返ると、あれはあれでたいそう途方に暮れていたようにも見える。その頃、私は中級マンションの、十一階建ての七階に住んでいた。これが北棟と呼ばれ、もうひとつ南棟が向かいにあり、その谷間が中庭となっていて、中心に池があり、砂場がありブランコがありスベリ台があり、天気の良い日には若い主婦たちが小さな子供を遊ばせている。私より上の階に住まうある人が当時こんな感想を抱いたことが、十年ほども経ってから共通の友人を経由して私の耳に入った。曰《いわ》く、仕事休みの平日に、午前の十時から十一時頃、たまたま硝子戸から中庭を見おろすとかならず、中年男がひとり三歳ぐらいの女の子を連れて、砂場あたりで、じつにもう気ながに遊ばせている、これは男として何たることかと歎かわしいように思ったがしかし、この男は何者であるか、どういう人物であるのか、自分は長年武道をやっているので人を睨む目はずいぶんあるつもりだが、どうにも要領を得ない、芸人とかバーテンとか、作家とかいうものでもない、はてとそのつど首をひねっていた、と。

お宅さまのご主人はデパートにお勤めでしょうか、とある日、同じ団地の奥方が私の妻にたずねた。いえ、月曜とか木曜とかに、よく中庭でお見受けしますので、と。

毎日出かけるあてのない暮しにはやはり苦しんでいた。それまでの大学勤めも週に四日は朝が早かったが、研究日と称する休みが二日あり、夏休みあり冬休みあり春休みあり、終日家に居ることには馴れていたのだが、職を離れてみるとまた格別な味がした。だいたい私の育ったのがまず実務向きの、働き者の家で、血統を多少ひろげれば医者ぐらいはあるそうだが、こんな手前勝手な、ひとり物を書いて生計を立てるなどということは、家系として、想像の外のことだった。私自身にしてからが、大学教師の頃ですらこんな辛気臭い読書暮しははたして自分の向きだろうかと疑うことがしばしばあったほどで、ましてやこの境遇は、現にその中へ落ちこんでしまっているものの、想像外の他人事のように感じられるところがあった。

午前中の団地の中庭で二歳半の長女がよたよたと遊ぶのを片目ぐらいで注意しながら、坐りこんだベンチからふっと見あげると、前後の棟のそれぞれ十一掛ける十二は百三十二世帯の窓がこちらを見おろしている。この窓のひとつひとつが、主人《あるじ》に定職があり、それによって世間としっかりつながっているのだな、とそう思えばしばし何とも言われぬ心地がした。あら、毎日、お父さんと一緒でいいことね、と近所の奥方が、しばしばなかなかの美人がやはり子を連れてきていて、私の娘に声を掛ける。いや、犬を連れて散歩しているみたいなものですよ、と父親は答える。無聊とか徒然とか、そんな高尚な感情は知らなかった。ただ行き場のない熊のごとく、やる方のない、荒い息をつきながら、日一日とまったく無為に送って、半月が過ぎたことだ。

四月のなかば過ぎから一転して机に向かいきりになった。こうなるとまた何事も考えない。書いていることについてさえ、あまり考えもしなかった。ただ縦罫紙にボールペンの先から力ずくで絞るようにして出てくる、奇怪によじれた文字と、奇怪によじれた文脈を、憮然たる気持で睨んでいた。ひと文章ごとに、こいつはいかんぞ、怪しいぞとつぶやきながら、拒絶反応を呑みくだして、とにかく下書きを終えるまでは自分で自分に辛抱することにした。手前の書く文字文章に対する疑心のあまりか、もっとよく睨もうとして筆を右のほうへ大きく傾けて、紙を斜めから筆先で掻くような、そんな書き癖がついて現在でも直らない。

知的な仕事というよりは薪割りとか穴掘りとか、よく子供の頃に、大の男がたったひとりで、目に見えぬ敵《かたき》に突っかかるような剣幕で働いているのを、何となく坐りこんで眺めていたものだが、あの態《てい》のものと感じた。ときどき手を止めて、肩で息をつくようにしている。それでも五月も末近くなって下書きが最後の詰めに入るとさすがに疲れを覚えて、行けども行けども届かぬ心地がしてきた。夜半になると毎晩のように梅雨のはしりの、強い雨が降った。その雨脚を七階のヴェランダから眺めて、これも毎夜のように、ここまで来たがもう力尽きたな、やめてしまうか、と駆け出したばかりの者がつぶやいていた。六月に入ってから清書に入ったが、これは清書というよりも、大負けの前半をいくらかでも取り返そうとする後半戦みたいなもので、もう一度粘りに粘ったが引分けとまで行かぬうちに時間切れとなり、六月なかばに編集者の手に渡すことにした。玄関口で靴まではいてからまた気にかかって仕事部屋にもどり、鞄から取り出した原稿をぱらぱらとめくってまた鞄におさめ、首を横に振り振り出かけたものだ。

「杳子」とは書き出すその日に思いついた名前だった。困ったものを引き寄せてきたぞと自分で眉をひそめはしたが、三分間と考えなかった。

この仕事が了えるとまた一転してうかうかと時間を過しはじめた。もう二度と小説などというものは書きたくない、と言わんばかりの、恨みがましい気持でいたからおかしなものだ。たしかその七月に、「文藝」の座談会に出席した。ほかの出席者たちは阿部昭、黒井千次、後藤明生、坂上弘で、場所は湯島天神の下あたりではなかったかと思う。じつはこの顔ぶれは二回目で、先回は同じ年の一月か二月に、御茶の水の山の上ホテルでやっている。その時のことであるが、私はなにしろ座談会というものは初体験であり、それに退職は内定していたがまだ教職の身分にあって、紛争によって滞っていた授業がちょうど再開したところで、連日会議やら説明会やらで忙しい。その日も暮れ方までびっしり働いて池袋から御茶の水の会場へ急いだわけだが、風の寒い晩で、雑務の疲れがひどくて文学を論ずる気分にはとてもない。自分が小説を現に書いていることさえ遠いことのような心地がして、今夜のほかの四人には、たぶん雄弁の人もいることだろうから自分はできるだけ黙っていよう、と道々そう思って会場に着いたところが、四人はすでに着いていて、それが四人が四人とも私と同じような、疲れた顔をしている。文学やら思想やらに疲れた顔ではない。実務に疲れた、つまり勤め帰りの顔である。私は誰とも初対面であった。阿部はＴＢＳ、黒井は富士重工、坂上はリコーで、それぞれ在職十何年の身であった。後藤はその前々年に平凡出版を九年目でやめたそうだが、まだ勤めの名残りを引いていたのか、周囲の色に染まったのか、同じような顔をしていた。

編集者の寺田博がさまざまはげましても、皆、乗って来ない。指名されれば、ぼそぼそと話す。聞いていると新進気鋭の飛躍も、跳ねっ返りもない。むしろ、そういうことを拒み気味の口調だった。一人が話し終えると、また沈黙が淀む。最後まで重ったるさが破られなかった。それではこの辺で、と編集者が打切ったとき、こいつはボツだな、と私は思った。はたして阿部昭が、これはまずいからもう一度集まってやりなおそうと提案した。いや、面白かったですよ、と編集長は平然として答えた。そんなものかな、と私は首をかしげて席を立った。一同ぞろぞろと、相変らず不景気な顔つきで寒風の中に出て、これで散会かと思ったら、結局は夜が明けるまで新宿で呑んでいた。粘着性は私ばかりでない。

酒の席で阿部が後藤に、まだ勤めにある人間がすでに勤めをやめた人間に、飯は喰えるか、とたずねた。それが喰えて困るんだ、と後藤は答えて、運動不足を通り越すと食欲がまた盛んになったことをこぼしはじめた。ほんとうに質問の意味を取っ違えたのだ。火の車のはずの身にしてはまことに粗忽なこの取っ違えの心が、自分も退職してみて、じつに身につまされてわかった。生活が立つか立たぬかの自問は、これはないのだ。

二度目に集められた時には私のほかに、在職十八年の黒井がやはりその春に退職して、三対二で退職組が優勢になっていた。そのせいか、季節の違いのせいか、話は前回ほどに重たるくもなかったが、あまり元気なものにもならなかった。景気は相変らずあがらない。口調が四人それぞれに、気さくなようで、端々で拒絶的に響いた。この人たちも、根は揃って不言居士らしい、と私は見当をつけた。それに、文学をおこなうということに幻滅した時期が五年十年と続いて、それから気を取り直してだんだんにまた始めている、という印象を受けた。芯を探れば、拒絶を再度の出発点とした文学ではないか、といまでも思っている。

怒りで全身に震えが走ることもあった、と黒井千次が話した。職場の思出話である。上司をナイフで刺す場面をくりかえし想ったという。なにもそこまで向きにならなくても、という顔を阿部と後藤はしていたが、あの温厚そうな坂上弘が、ナイフのくだりで深くうなずいていた。

この日も朝の新宿の路上で阿部昭、後藤明生、寺田博あたりと別れた。夏の朝はちょっとでもぐずついているとたちまち暑くなる。一夜積もった酔いのために自律神経でも狂うのか、汗がよく出ない。開業三カ月目にして精力が底をついたぞ、と車の中で思った。酒が夜半を過ぎて、やや夜明けに近づく頃、鬱気払いにウイスキーをあおる癖が私にはあった。ほんの束の間のことで、三杯ほど続けざまに呑むだけなのだが、この瞬間を観察していた者があったようで、大酒呑みの評判を取った。ただ長いだけりの酒なのだ。

　六月末から七月にかけて、短篇集「円陣を組む女たち」と「男たちの円居」が三週ほどの間隔でつづけて出た。校正まではずいぶん自分のものと思ったが、本になってみるとなにやら訝しいような気持のほうが勝《まさ》った。八月に入るともう時間の上で追いこまれていた。九月の締切りまでに百枚ほどのものを書く心づもりだが、私の筆の速度ではもう掛からなくては間に合わない。また例の罫紙に下書きを始めたが、暑さは暑し、気は乗らず、ひとくだり書いては机の下に寝そべり、うつらとして起きあがる、ということの反復となった。ある日、またまどろみかけたとき、目に一丁字なき暮しとはこのことだ、とそんなことを思った。つまり文盲無学の徒である。とにかく物を書き出すともう、物が読めなくなる。現に自分の書いている文章さえ、一言半句に目が迷って、読んでいる気がしない。そればかりか、その最中にふと、つい昨年まであれこれ読み暮してきたことどもを思出そうとすると、これがまるっきり、浮んで来ない。もう十年来くりかえし読み、論文にも書き、翻訳までした小説の、はて、俺の好きな細部はどうだったたっけ、と額に手をやるありさまだった。

　下書きは三分の二見当で立ち行かなくなり、しかたなしに清書に掛かって百枚ほどにしあげたがこれもまた低調で、もう一度これを下書にしてやり直しはじめたところが、途中から文章が書き手の愚鈍さに呆れた態で勝手に燥ぎ出し、書き手は書き手で、なに勝手に燥いでいやがるんだ、といよいよ鈍なる不機嫌づらで後を追った。なにをやってるんだ、と不機嫌のとばっちりは前の作品にまで及んだ。九月のなかばに締めて、今度は半日も困りはてたあげく、「妻隠」と題をつけた。後日、学のある人たちが「八雲立つ」と引き合わせてくれたが、もうすこし滑稽な思いつきだった。

秋になると連載を来年度から始めることになっていた。「文藝」の寺田博から言質を取られて、自分は長篇を書く体質とも思っていなかったので、無体な要求をすると困惑しているうちに、たまたま九月の末の雨の日に最上川のすぐ辺の宿にひとりで泊って流れの音に眠れないことがあり、翌日汽車に乗ったら一回分ぐらいの構想はできたようなので、とにかく引き受けることにした。初回は十二月中旬の締切りで、十一月の二十日過ぎには下書きができていたようだった。十一月の二十三日の休日に昔の独文の仲間に誘われて秩父の長瀞《ながとろ》まで遠足に行った。舟などのくだる瀞に沿って、岸の岩を伝って歩いていると、自分の足がどうも長く感じられて具合が悪く、仕事疲れのせいかと思っていたら、うしろから来ていた友人に、たった半年のうちに足が衰えたじゃないかと言われたものだ。その留守中に母親が家に電話を掛けてきて、子供たちを連れて遊びに来てくれない、と言うので、今日は朝早くから遠足に出かけていると妻が答えると、そう、それじゃあ、しかたないわね、と電話を切った。帰ってから話を聞いて、その口調が何となく気にかかり、それでは次の日曜あたりにでも行くかと思っていると、翌日の晩に姉から電話が来て、母親の咳がどうも長びくので今日近所の医者へ行かせたら、風邪と診断されてレントゲンを撮られて帰ってきたのだが、夜に入って医者が飛んできた。胸の写真にひどい影が出ている、結核だとは思うがとにかく絶対安静だという……。

翌日、午前中に駆けつけて、寝間に入ったとき、独特な面相が目についた。その印象が紛れるまで、病人のそばに坐りこんでいた。それから居間に出てきて、なんとなくテレビをつけるとちょうど正午のニュースで、三島由紀夫という文字が目に飛びこんできた。

早々に親の家を出て、池上線の雪ケ谷あたりから丸子多摩川まで歩き、閑散としたバスで河原沿いに二子玉川まで出て、遠回りをして用賀の自宅までもどってきた。文字というものがあもまがまがしく目に映ったのは、じつに久しぶりだった。昨年までならまた感じ方が違っただろう、あれほど生理的にはこたえなかっただろう、と思った。

駆出し早々、さっそく皮肉なことになってくれた、といっそ苦笑させられることがしばしばになった。週に一度か二度、午後から親の家で病人がひとりになるので、原稿用紙入りの鞄を抱えて留守居に行く。連載の二回目は一月締切りだが、あいだに正月ははさまる。こんな事態も出来《しゅったい》したので、一歩でも先へ進めておく必要がある。それに、私はおもに昼間仕事をするタイプである。そんなわけで、襖一枚隔てた向こうに病人の眠る居間で、炬燵に背をまるめて、姉が蒸発して翌日に妹の婚礼がどうのこうのと、こんなことになる前に始めてしまったことなので、今頃は前回の分が輪転機にかかっているので、後始末に筆を軋《きし》ませなくてはならない。眉をひそめながら、後始末どころか、我ながらよくもこう、陰気な細部が次から次へ連なって来るものだと、あげくは呆れはてた。三時になると医者が来て注射をして行く。ストレプトマイシンなのだが十日目にも二十日目にも写真に良化がうかがえない。二十何日目かに医者は私の面前で、病人に長期入院を申し渡した。私は結核だと確信してますが、と玄関先でささやく医者を送り出して部屋にもどると、病人がいつのまにか床の上に起き直って、じっとうつむいていた。そんな長いこと入院していては家の中ががたがたになる、と女らしい心配しか口にしなかったが、顔は白く静まり返っていた。その日はさすがに原稿をすぐに鞄の中へ押しこんだ。することがないぞ、と手前の太い指を眺めた。

年末に病人は入院して、私は連載二回目の分をとにかく終えた。一回目は「その口のうちに」と冒頭の句をまず表題にしたが、短篇臭い題だとか担当編集者に言われてなるほどと思い、「行隠れ」と変えた。二回目は率直に「嫁入り」と題をつけてから自分で、書いた内容とはかかわりなく、つくづく面白い言葉だといまさら感心した覚えがある。この一言で沢山であったような気もした。正月明けに原稿を編集者に渡すと、この仕事はしばらく続けられないと思った。連載ではなくて連作だと初めから断っていたのでひと月ふた月はあけられるが、さてその後はどうしたものか。そう思案しているうちに、一月なかばになって、芥川賞の受賞騒ぎが間に入ってくれた。昭和四十六年の上半期である。有難いことだった。それからは毎日、エッセイと古い知人への手紙ばかり書いていた。しかしひと月半後には、上京した親類たちから、悔みと祝いを一緒に述べられることになった。

悔みと祝いをひとつ口に述べることができぬようでは一人前とも言えないのだな、と三十三歳の男が思ったものだ。その前に、不幸の上にじつに間の悪い事情が重なって、臨終のあと病院の霊安室で死者と二人きりで夜明けを待つということがあった。室というよりは、まず小屋だった。坂の途中でまわりは藪だった。燈明が薄くなって夜が白みかけた頃、板床の上に背をまるめて坐りこむ自身の姿が、息子には違いないのだが、それにしてもいかにも、この場にふさわしいような姿に見えてきた。さまざま歩きまわってきたが、こんな陰気なところに腰を落着けているのか、俺はこれでも、幼い頃には軍人志望だったがな、とつい話しかけそうになった。

初対面の人に会うことがおいおい多くなり、その人たちが、私の作品を多少とも読んでいてくれると、きまって本人の目の前であらわに、意外そうな、ときには心外そうな顔をした。もっと細面で、色が白くて神経質なタイプかと思ったら、という。あとは礼儀上口に出さぬのを本人がなり代って言えば、骨太の節太の、闘牛士型ではなくて牛型の、顔は腮《えら》が張って口は大きく、まず土手カボチャの部類、それも北から西の風の強そうな土手に属する、と。それは読めばわかりそうなものじゃないか、と私はそのつど思った。腕力があって不器用なのが彫るので、押しこんだ刀がまっすぐ抜けないので、ああいうふうに捩《よ》じくれるのではないか、物を書いていると腹がへるほうなんだ、と。ある席である男が、ちょうどポロシャツなどを着る季節だったが、私の肩から腕のあたりをしげしげと眺めて言うことには、あんた、喧嘩したらけっこう強そうだね。冗談じゃない、私はまず人並みの体格で、細くはないが太くもない。喧嘩をすれば人並みに、弱いだろう。ところがあれらの作品の一見した細さからすると、本人と知り合って間もない人の目には、どうも許しがたい太さと映るものらしい。

しかしそのうちにまたおいおいと、先輩作家たちを見まわして、体格の貧しい小説家というものもないものだ、とわかってきた。一見華奢虚弱のようでも、よく見れば皆、大は大なり小は小なり、ゴリラみたいな体格をしている。ほら、ゴリラはあんがい陰気な顔をしているではないか、とあるとき同窓会の席で話したら、筆を握る大小のゴリラの像がよほど頓狂だったのか、旧友たちはげらげら笑い出した。

やや鬱《うつ》の頃

仕事机の右隅にもう十年来、同じ手の日程表が置いてある。帳面半分大の縦長の紙を裏表で十二ページ十二カ月分、頭をホチキスでとめた、表紙もない簡単なつくりで、それぞれのページに左右二列に分けて、一日ずつの欄が並んでいる。さるドイツ語およひ医学関係の出版社のもので、私が教職をひいたあとも年々、リストに名が残っているせいか、年の瀬になると送ってくれる。教職時代には使いもしなかった。私はだいたいメモ手帳の類を大事にしないほうである。それが、芥川賞をもらう頃から日程が、私としては、すこしくややこしくなり、昭和の四十六年にたまたま初めて使ってから、今に至るまで、無造作なのが良くて愛用している。

といっても毎月、三分の二あまりは空欄のままで済む。電話で原稿の注文があって引き受けると、たとえば、《文藝７》と枚数を添えて締切りの日の欄になぐり書く。

人に会う予定はたとえば、《飯田600》と時刻だけ添えて、場所は記さない。あまりあちこち出歩かないのだ。あとは《府中》とか、《中山》とか、《有馬記念》とか、そんなのしかない。年末の十日ぐらいの間だけ、机の隅にそれが二通かさなり、大晦日の晩に古いほうが抽斗《ひきだし》の奥に放りこまれる。それが年々溜り、一昨年のことだが、役に立ったものだ。

当時、「作品」の編集長をしていた寺田博が、私の十年来の小文雑文論文を掻きあつめてエッセイ集を出すという。私はそのほとんどすべてをきちんと取っておいた、つもりだったので、箱の中味をそっくり、これで一冊分になるだろうかとあやぶんで渡した。ところがひと月もして返事があり、一冊どころか三冊分になるのだけれど、どうも管理が杜撰《ずさん》なようで、欠けたものがずいぶんある、それにまた、日付および初出の判らないものが多いので、何とか調べてくれ、という。記憶をたどってみたものの困りはてて、そこで思いついたのがこの日程表だった。さっそく十年来の「受注」の欄を妻にリストアップさせて提出すると、作品社のほうでまただいぶ苦労して残りを拾ってくれた。不明のまま見切り発車されたのも二、三ではないようだ。これの日付をどうしても思出してくれと新聞の切抜きを突きつけられ、裏を返してプロ野球の記事をよくよく読んで、何年何月と見当をつけたのもある。

「几帳面のようで」とあとで寺田博が笑っていた。「物書きとしてじつにずぼらなところがあって、おもしろいねえ」

なるほど、締切りやら人との待合わせやらには、私は几帳面に約束を守るほうである。つまらぬことが気に染まなくて書きかけの原稿用紙を放るときなどは、我ながら神経質な男だと腹が立つ。校正刷《ゲラ》にも小うるさく手を入れる。単行本となるときにも、もっと清潔な文章にならぬものかとぎりぎりまで執着するのが、どうもそのこと自体かえって清潔ではない。まず粘着質といえる。ところが書かれたものがいったん手を離れると、けっして心にかからぬわけではないのだが、あまり親しくも思出せなくなる。おしなべて記憶の、保持力が劣悪なほうらしい。なぜそうなのかと自分で考えてみると、やはり戦争の時に生家を焼かれた、それもすぐ目の前で炎上した、地方にある親の本家も灰となった、それにまた、その後それぞれいくらか長く暮した土地がことごとく経済成長の時期に区画をすっかり変えられた、そんなことで私にとっては時間そのものがその根もとのほうで、連続性にとぼしいのではないか、とそう思うのだが、しかし今の四十代の人間はたいてい同じような目に遭っている。

昭和の四十六年の九月に、「行隠れ」の最後の篇を書き了えたときには、もう長篇にはこれで当分、懲りたぞ、と自分で叫んだものだった。自分にはどこか時間の流れにたいして関心の薄いところがある。かかわるときにはどちらかというと義務的に、自戒の心でかかわる。まっすぐ流れる時間よりも、重なる、照応しあう、融合してしまう時間のほうに、放っておけば際限もなく心が行く。生活上の律儀さも、かえってそこから、時間というものに年貢日銭のたぐいをきちんと納めておくという敬遠の心から出るものか、とも思った。

そうこうするうちに河出書房から、新鋭作家叢書と称して一人一冊、全十八巻のシリーズが計画されて、その内に加えられることになり、巻末の年譜をつくるよう要求された。これにも困惑して、とにかく書きはじめたものの、記すほどのこともなく、生年、疎開、小中学校の卒業から始めて、ただの履歴書のごとくになり、近年のほうは作品の発表年月で埋めたものの、なにぶん駆け出しなので、十三項で終ってしまった。刷りあがってみると見ひらき二ページの、片側の下段はほぼ空白だった。ほかの作家たちのは倍ぐらいもあった。

年が明けて、四十七年一月に山陰旅行をして、戻ってから「水」にかかった。この短篇はもしも三途の岸あたりで一作だけ、閻魔庁提出用に手もとに取って残りは置いていけといわれたとしたら、これを懐に入れ、ま、この程度のものだったかとあきらめて川を渡るつもりでいるが、書いているときにはとにかく、「私」という人称なしにどこまでも進めることに自分で驚き、やがては陰々滅々としてきたものだ。文章のことでもない。体質を見た気がしたのだ。心身のぐあいのあまり良くはない時期でもあった。書きながらまたこんなことを考えた。自分の性向《むき》はどうやら短いほうの作品にあるようだが、さりとて短篇というものに固執する了見もない。短篇の手際といわれる、物を決める目は、実際の人間関係の中に置いて想像すると、好きなものではない。物の実相が見えているようでも、実際には我意の強さを人に困惑され、いたわられ、そのことに当人はいよいよ気がつかない、とたいていはそのようなものだ。それにまた、この自分が短篇を書くことに淫すれば、おそらく表現に関して、守銭奴のごとくになりかねない。言葉において吝嗇《りんしょく》に吝嗇を重ねて、出来あがるのは珠玉か何か知らないけれど、そのストイシズムを自身で検閲する目は、夜中にひとり札を数えて笑うのに似て、しょせん性根は卑しい。それはかまわないとしても、そうしておのずと煮つまる我意は、作品の内ではそれがきわまって無私の風が吹くがごとくに見せかけることはできても、本人の中では一段とまた荒れまさって、身近の人間にろくな力を及ぼさない。周囲が自分よりも強い人間ばかりならともかく。

若いだけに自身にたいしてずいぶんきつくあたったものだが、短篇を書くことに関しては、いままで通り、それぞれの部分で、これで決まるかと感じるよりはひとつずつ余計に、ひとつずつ相対化して、試論《エッセイ》ふうに書いていきたいと思った。待てよ、俺は短篇など、書いたことがあるのか、と首をかしげもした。

二月の末に母親の一周忌が来て法事をおこなった。都心のほうのホテルでやったものだ。ホテルにどうもそれ専用らしい、そんな雰囲気の部屋のあることには驚かされた。それにしても、家にまだ死者《ほとけ》さんのない、したがって墓も仏壇も法事もない、大都市流入者の家の者たちというのは、勤勉実直でも精神の底ではじつに取りとめのない、先々避けられぬことへの用意も心得もない、何のかのと口走りながらしょせんはその日暮しを送っているものだ、とその一年つくづく思わされた。その翌日に、浅間山荘事件というのが始まった。その日、私は閑なしに走りまわらなくてはならぬことがあり、おもての道から、ほとんど軒並みに昼のテレビが、日本シリーズの時のように沸いているのを、遠い世界の騒ぎと眺めて終日うろついていた。ほんとうは私にとって遠い出来事でもないはずだった。山荘の攻防の結末よりも、そのあとに露われるかもしれぬことのほうを、私はあの時からひそかにおそれていた。正直なところ、見たくもなかった。二年前の大学の構内の、しまいには投げやりに浮き立った雰囲気の底にも、陰惨の感触はあった。学生たちも、深入りした者たちは恐がりはじめていた。何事にも帰結はかならずあるものだ。しかしその日は、私はまた別の帰結のことでそれどころではなかった。車の中で運転手が事件に興奮して、親が可哀相だねえ、保護者はつらいよね、などとしきりに話しかけてくるのには往生した。腰をおろせばもう睡気が差してくるほど疲れていた。

それからひと月半ばかり、私はしばしば環状道路を遠くまで往復する用があった。区が四つも細く入り組むのを十分あまりで抜ける、そんな箇所のあることをいまさら面白がったりしていた。しかし往き帰り、途方に暮れた心地でもいた。あの当時で、できてからそろそろ十年近くという道だったろうか。私はそれまでに何度も通ってい た。ある区間などは私の朝帰り街道にあたっていたが、しかしこうして人には頼めない一身の用で運ばれているとまた、見も知らぬ土地だった。いくら見馴れたところでも、見知ったことになりようのない土地と感じられた。こんなところで暮していれば、いろいろな関係に縛られているつもりでも、じつは心を最終的に縛るものは、何もないのではないか、と思われることもあった。車が立体交差の陸橋を昇りはじめて、日の前がやがて道路と空だけになると、この先は何もないような、ここで宙へ拡散してもよいような、そんな気楽ささえ覚えたものだ。四月に入ると道路端の思いがけぬあたりで桜が咲いているのを、珍らしい心地で眺めた。

その年は短篇ばかりを――といっても、いずれも五十枚を超えるのだが――書いて過した。十一月なかばの、新年号締切りに「弟」を苦心惨憺書き終えると、もう一誌が同じ新年号の債務をどうしても待ってくれない。明日からでも缶詰にするというのを、ちょっと待ってくれ、と家でぎりぎりまで書きすすめて、それ以上は迷惑をかけるので最後の三日だけその社から足の便のよいホテルに入った。一週間で五十何枚書いて、迫られれば迫られるほど文章が重たるくなる、と自分で感心したものだった。「谷」という題が簡単についた。その最終の一日には食欲がすっかりなくなり、ただひとつ心あてにしたのは、これが終われば明後日の日曜に、天皇賞の競馬に行けるということだけだった。その日曜日、いよいよ大一番がスタートして、最初のコーナーにかかったとき一頭落馬があって、始まって早々、気の毒な人たちもあるな、といい気持で同情していると、ゴールまで来て同じ枠の別の馬が二着に逃げ粘り、呼ばれもしない赤い帽子が目に焼きついて、大穴となった。呆気に取られていたら、観客席のややうしろのほうで、板を力まかせに叩く音がする。振り返るとどこかの中企業の社長風の紳士が興奮しきった態で座席の枠板を殴りまくり、ついに取りました、ついに百万円、とあたりかまわず、鼻白ろむ客たちに太い腕で握手を求めている。やがて国歌吹奏が始まり、くだんの社長、細君ではなさそうな女性と並んで直立不動、胴間声を張りあげ「君が代」を歌っていた。

十二月に入って、遊び好きの友人に誘われて土佐の高知まで行ったところが、一夜寝て目をさますと、雪が降っていた。桂浜の釣宿まで出かけたが、まだ風花が舞っていて、今日は舟を出しても何もあがらないといわれた。しかたなしに室戸岬まで足を伸ばした帰り道では、空はもう晴れあがっていて、道端の店でアイスクリンと呼ばれる氷菓子を買って喰った。もうひと晩、市中で酒を呑んで翌朝の飛行機で高知を離れ、羽田上空まで来ると、風は荒く海は小波立ち、東京湾から房総の上をぐるぐると旋回させられた。石ころ道を走るみたいに機体がのべつ震えて、市街が手に取るように見えたかと思うと海が傾いて畑がひろがり、そのくりかえしで三十分あまりも経ってさすがに心細くなりかけた頃、眠っていた友人がやおら、これから競馬に行きませんか、と誘った。そう、無事に降りられたらね、と私はまた遠のいていく東京の街を眺めた。また三十分後には、自分の住まいの遠くに見える立体交差の橋を渡って、環状八号を府中のほうへ向かっていた。何をやっても気のやや重い時期だった。

年が明けて四十八年の初めからまた、歯の治療が始まった。四年前の治療のときに詰めたアマルガムがすべて駄目になった上に、痛んでいる歯のほかにもあちこち、かなり悪くなっているのがあるという。歯質は丈夫なんですが、減りが激しくて、と医者は首をかしげた。歯ぎしりの癖はありませんか、と。はて、死んだ母親にも、生きている妻にも、そんなことを言われた覚えはない。しかし何日かして仕事の最中に、なるほどと思うことがあった。寝ている時はいざ知らず、起きている時からして、平生、歯に力を入れて生きているほうらしい。気が烈しいから、というよりも、顎が太くて、強いので、力を持て余すのだろう。病む歯に力をこめられずにいると、世の中がどうも淡白で、頼りなく見えてくる。医者は虫歯の手入れのかたわらあちこちの歯をすこしずつ削って、嚙み合わせを和らげてくれた。当座は口もとがなにやら、歯抜け腑抜けになったようでこころもとなかったが、おいおい馴れるにつれて、歯嚙みが以前ほど脳天へ響かなくなって人生やや楽になった心地がしたのは、気のせいか。

ボクサーのほうで、パンチはあるけれど打たれ弱くてグラス・ジョー、ガラスの顎とか呼ばれているのが、顔をよく見れば、腮が張って顎もけっこう太い。顎ががっしりしすぎているので相手の拳の衝撃をよく伝えて脳震盪を起しやすい。私も生来、ありのタイプか。前が差し歯になったと聞いて友人がしきりとからかった。前歯の健全な圧力が前頭を刺激して脳に活力をあたえる、その力が弱まれば、まわりまわって下つ方、トッタンの衰えとなる、とか。弱冠まだ三十五歳が、半年ばかりは心配したものである。

同じ四十八年の春先に奈良を訪れる機会がたまたま重なって、二十代以来ひさしぶりに、仏像へ目が向くようになった。顔を見るようになっていた。仏像の前に出てまず顔を仰ぐのはあたり前のことで、若い頃にもそうしてきたわけだが、いままでは面相、といったほうがいいかもしれない、個別を超えた相の中に、やはりさまざまな人の顔の、さまざまな時の、個別からなかば抜けかけた相を、おのずと探っていた。材そのものの質感が急に恐ろしいように迫ることもあった。東大寺戒壇院の四天王の、なかでも広目天の面相が心にかかった。家にもどったあとも、その相の正体を訝りながら、知らぬまに、息づかいをあれこれ真似ていることもあった。

そのほかに、河内の観心寺の如意輪観音。秘仏になっているので、いまだに、寺まで行きながら拝観していないのだが、あの頃から写真をくりかえし眺めて、はてにはいささか、すでにつぶさに拝んできたような心地にさえなった。顔もさることながら六臂の、とくに腕のつけ根の肉感に、ときおりうなされた。森厳なる肉感、というものもあるものか、とそんなことを思ったりした。

そうこうするうちに、次の連載を約束させられていた。私の場合は長篇の構想を立てるというようなことをせず——構想の立つようなことは書くものか、という気持も動くのだ——最初のひと塊《かたまり》に、先へ伸びて行きそうな感触さえあれば始めるのだが、そのひと塊が、たしかに重い感触はあるのだけれど、どうも先へは進みたがらない。

表現されることを拒むふうなけはいさえあって、約束を先へ先へと延ばしたあげく、六月に入ってから不承不承取りかかった。冒頭から、女主人公らしい人物を死なせてしまうことになった。小説作法上そんなことをすればあとが苦しくなることは決まっているのに、それに肉親をなくして早々、よせばいいのに、そうなるよりほかになかった。それに、六月頃から連載にかかる阿呆もないものだ。出発して、二回目三回目の、もっともつらい急坂の登りが、ちょうど暑い盛りにかかる。それにまた、長篇はこれでたったの二度目だけれど、前の『行隠れ』の時のことが思出されて、自分が柄にもないことに取り掛ると身辺でまた、ろくなことが起らないような、少々厭な気分もしていた。しかし放っておけば、憂鬱症になるような気もして、とにかく進むことにした。

七月のなかばすぎ、一回目の原稿を渡して数日後に岐阜県の美濃市の、伯父が亡くなった。母親の長兄にあたる、造酒屋の当主で、つい二年前には六十二歳の妹の死にたいそう気落ちした様子を見せ、お前たち、これが哀しくないのか、と叔父叔母たちに歎きかけて、致しかたないことで困惑させていたものだ。校正刷の出を気にかけながら、私は午前中の新幹線に乗り、名古屋で私鉄に乗り換えて新岐阜に着くと、美濃町（昔はそう呼んでいた）まで畑の間をとろとろと走る古い市街電車がまだ走っていたが、葬儀の時刻に遅れるのをおそれて車を拾った。浄土宗西山派という寺の、煩雑な葬儀の頂点で導師が扇子をもって、引導を渡すのに、棺の端を打ったとき、その音に息を呑んだ。しばらくして背広の下で汗が滲み出して、山際の土地の暑さがのしかかってきた。

私はもともと陰気な男ではない。また陰気になってはならぬいわれは、中年ならば、誰にでもある。「櫛の火」を書き進めるうちに仕事中に眉間に皺を寄せている自分に気がつくことがしばしばになり、我ながら良くない顔をしているなと思ったが、人に誘われればけっこう遊びに出かけた。明けて四十九年の一月には子供が骨折で入院するという出来事があったが、二月には京都の婚礼に出席するという友人のあとにのこのことついて行き、人の婚礼の間は東寺、教王護国寺の閑散とした講堂の、太柱の芯まで染みるような寒さの中で、身のほど知らずに五大明王像とたったひとり差し向かっているうちに一瞬、物凄い戦慄におそわれかけたが、その翌日には競馬場にいた。そのまた翌日も淀の馬場まで通い、その夕暮れに京阪七条の駅からにわかに雪の降りしきる中を、鴨川を優雅に渡って、すっからかんが京都駅まで歩いてもどった。四月にはテレビの、天皇賞中継のゲストにまた京都まで引っぱり出されて、ハイセイコーがまた負けた時だが、関西中京方面のネットワークだったので、前年の葬式で挨拶した親類たちをびっくりさせたらしい。八月には同じ友人と新潟まで車で遠征している。十一月にはまた京都へ出かけたが、駅からすぐに淀のほうへ向かってしまい、神社仏閣どころでなかった。

その間の七月なかば過ぎに、「櫛の火」の最終回を「文藝」の編集部に渡している。九月号から九月号まで、十二章を十三回でやったことになる。一回一章と、連載としてはやや苦しい枚数をそのつど痩せ我慢して守ってきたのが、最終章に至って、二回に分割させてくれと泣きを入れなくてはならぬ事がまた起った。我ながら落着き払って苦行の中に坐りこんでいたものの、身はひとつしかないので、体力のほうは、あの仕上げがぎりぎりだった。後で手を補うゆとりもなかった。

長い物を書くたびに、その始めか終りに、身辺に多少の異変が起る、と悲鳴のひとつもあげたいところだが、しかし考えてみれば、中年というのは我身にすでに変化はとぼしくても、身辺にあんがい事の繁き時期でもあり、二年三年と長丁場がつづけば、その間に何かしらが起るのは、当り前である。

場末の風

昭和四十六年の、十一月だったかと思う。最初の長篇小説の、単行本の校正刷《ゲラ》の手入れも終えて、さしあたりすることもなくなった頃のこと、ある日、八王子へ行ってみる気になった。東京都下の八王子市のことである。

その土地に私の一家は終戦の二十年の十月から、二十三年の二月まで暮した。私の生まれは東京の旧荏原区、現在の品川区旗の台から中原街道を越した高台のあたりだが、そこは二十年五月二十四日未明の空襲で焼かれた。山の手の西南部から、ついでに郊外のほうまでひろびろと焼き払われた夜である。ひと晩おいて二十五日の夜半前からもう一度山の手空襲があって、内田百閒が市ケ谷の火の中を逃げまどい、永井荷風が中野の寄寓先をまた焼け出された夜だったと思うが、あれが東京空襲の仕上げであり、私たちのはどん尻ひとつ手前にあたる。

荷風・百閒受難の夜は、私たちはもうさっぱりしてしまった焼跡に腰をおろして、夜空を滑る墜落機の火達磨を、敵味方も分けず、いっつう、むっつう、と大声で数えていた。私たちが火に追われて走った夜のことは、「突然サイレンひびきわたり爆音と共に火焔忽ち東南の空に映ずるを見る。月色これがために暗淡たり」などと荷風散人が描いている。その御本人が翌々晩の空襲の始まりには、「予はいはれなく今夜の襲撃はさしたる事もあるまじと思ひ、頗油断するところあり。草稿日誌を入れしボストンバッグのみを提げ、他物を顧みず徐に戸外に出て、同宿の児女と共に路傍の窖に入りしが、何ぞ圖らん」とあるから、人間どうも、不安恐怖においてもたわいないものだ。私たち、国民学校二年生の私と、女学校の姉と、中年の母親と、児女三人もまた、家が焼かれることになった夜は、防空壕へ入った時はかの文豪とまったく同じ心理であった。今夜こそと張りつめた晩はそれまでに幾度となくあったのに。

東京でぎりぎりまで粘ったあげく焼け出されて私たちは中央線回りで岐阜県大垣市の、父親の実家に逃げた。ひきつづき児女三人と、それに七十過ぎの祖母との暮しとなり、まことに静かで湿潤な城下町で、敵に狙われるようなものもなくて、すぐに水が湧き出るのでろくに防空壕も掘らぬほどの長閑さであったが、この町も七月に、二度にわたって焼き払われた。ひどい空襲だった。それから同じ岐阜県の美濃町の、もう郡上八幡《ぐじょうはちまん》の手前であるが、母親の郷里の造酒屋に身を寄せ、一年前からそこに預けられていた兄二人と合流した。本家および罹災の縁者をふくめて総勢二十人近くの暮しで、夜中に敵機が上空を飛んでも誰一人起きようとしないのを子供心に恐ろしく思ったが、さすがにこの山際の地までは空襲も及ばなくて、そこで敗戦を迎えた。玉音が終わると大人たちはさっそく、土蔵の中の防火用水を汲みはじめたものだ。八月九月と、東京では米兵がどうのこうのと、まがまがしい噂になやまされ、十月に入って、東京に留まっていた父親が迎えに来てひとまず都下の八王子に、帰ることになった。

復員軍人で満員の夜行列車だった。朝方に東京駅に着いて地下道を歩いていると丸の内の降車口のほうから、皮のジャンパーを着た「毛唐」がやってきた。素敵に長い足を運びながら、林檎を嚙っていた。両手で口に押しつけるようにして喰っていた。その喰いさしを、私のすぐ前を行く男の子の手にひょいと渡して通り過ぎた。

八王子では、父親が航空機会社の役員をしていた。東京の家を焼け出されてからひと月足らずのあいだ、私たちはそこの社宅の二階にいったん身を寄せていた。家が密集して空襲になったら危っかしい一劃だった。機銃掃射をくらったこともある。工場は地元の高等科の生徒たちを動員していた。生徒たちが隊列を組んで工場に入ってくるのを、私も一度見ている。朝礼の台上で私の父親が訓示めいたものを垂れていた。

その後、町は私たちがちょうど大垣から逃げ出した頃に、そんな軍需工場を抱えこんだせいもあるのだろう、中心部をあらかた焼き払われた。織物の町だった。私たちにとっても父親の安否の知れぬ時期がしばらくあった。

戦後になって、白眼視されたというほどのこともなかった。ただ近所というよりはもうすこし広い範囲の子供たちが、私が何者の息子であるか知っていた。遠くから揶揄を受けたこともある。そんなにしつこくもなかったが、困ったことに、私は髪を長く伸ばしていた。親たちがどういうものか兄弟のうち私ひとり、頭を丸く刈らせなくなった。坊ちゃん刈りでもなく、浮浪児のごとく伸び放題の髪がぼさぼさにはならず、天然に縮れていた。おまけに、子供の頃の私は、でかい目が深く落ち窪んでいた。当時としてはまことに奇態なこの様子を、地元の子供たちが逃がすわけはない。女の子たちはベティさんと呼び、男の子たちはヒットラーと呼んだ。ずいぶんまた幅のあることだ。

陰湿なところはなかった。むしろ荒く乾いた風土だった。風も荒ければ、言葉も気質も荒い。養蚕・織物の地として早くから市場相場に巻きこまれていたせいもあるのか。大の男が子をおぶって外出する姿もよく見うけられ、子供たちは地元の侠客の順位《ランク》づけによく熱中した。町を横断するかたちで甲州街道が走り、甲州街道は与太の道などと子供たちにも歌われ、あらかた焼跡となった市街の中心部には闇市がむやみと盛《さか》った。基地に近いせいで進駐軍の姿も多くて、第八軍とか第一騎兵隊とか第五航空隊とか、また爪を赤く塗った女たちの姿も少なくなく、ＧＩ相手になにか激烈な感じでふるまっていた。近所の若い娘たちが赤っぽい長いスカートなどをはきはじめ、洒落者の青年は火鉢で炙る焼き鏝《こて》で、ごわごわの髪にウェーブをかけていた。

東急沿線育ちの子供には異質の風土で、身体からまず苦労させられたが、後年になってみるとあんがい、関東のからっ風に加うるに敗戦直後の風土が身に染みついているることに気づかされる機会がままあった。苦しいところに差しかかると、あの気分でしのいでいるようなのだ。とにかく子供なりに周囲の荒い気質とわたりあっていた。ベティさんとも呼ばれた少年がダンベ言葉を、はじけるように喋っていたことだ。

八王子まで出かけてみようかと思ったのはべつに懐かしくなったからでもない。私は自分でも思いのほか、あるいは意《こころ》ならずも、前向きの人間であって、過去をあまり顧みないところがある。だいたい私が青年期までに住まった家は母親の郷里を除いて、すべて跡かたもなく、懐かしがる手がかりもない。ただこの八王子の家は、私が大学を出たての頃まで、中央線の窓からのぞくと、下り電車が横浜線と合わさって駅の構内に入る手前あたりから、左手に古色蒼然と見えていた。それとて十年近く前の記憶であり、あの土地も近所はベッドタウンの花形のひとつだと聞いてはいたが、繁華な区域とは鉄道の反対側なので、ひょっとしたらまだ残っているのではないか、とにわかにやや焦《あせ》った。ただひとり存命と聞いた親類に、あわてて会いに行くようなものだった。

結果から言えば、虫の知らせというやつか、かろうじて間に合った。敷地の半分はすでにアパートが建っていたが、残り半分は板囲いをされて、普請の始まるところだった。それで得心した。よくぞ戦後二十六年も頑張ったものだ、とけなげなような気がしたものだ。あとは懐かしくも何ともなかった。ついでにあたり一帯を歩きまわると、だいぶ建てこんできた新興住宅の間に埋没するかたちで、見覚えのある家々が残っていた。何ともわびしく、古びていた。しかし、しばらく行くうちに気がついたことがある。この古色蒼然とした印象は、建物がしょせん、新しいところから来るのだ、と。残された家の大方は敗戦直後にばたばたと建てられたものだ。私の住まっていた家も、戦前のものではあったが、昭和のせいぜい十七、八年頃のものと思われる。いずれ新興住宅であった。

新しいものほど古びやすい。そして古びると、いっそう救いがない。そんな感慨を抱いて帰ってきた。途中でまた思った。私の生まれた、空襲によって私の目の前で焼かれた、あの家もまた、地方から出てきて一家をなした中堅たちのために造成された、庭つきの新興住宅であった、と。あたり前のことだ。

ちょうどその頃、私は徳田秋聲の作品を読み返していたが、小石川あたりの新興住宅地の雰囲気に触れると、その細部を貪り読んだものだ。中野新井薬師あたりの風が、読むだけで身にこたえた。東京物語の原典といえば、私はそれまで漱石あたりを頼りにしていたが、秋聲こそ原典だとその頃から考えるようになった。あの風と物音と人の声の荒涼を思わずには、私も東京の暮しは描けない。どこもかしこも場末ではないか。

生活の、活力がややも淀めばたちまち頽廃しかかる。しかしその頽廃たるや、爛熟の気《け》もなければ余裕《ゆとり》のつみかさねもなく、それ自体が活力の、忙がしさに満ちている。疲れているかいないかの差だけで、頽廃即生活欲の気味さえある。それでも、年々歳々と草臥《くたび》れていく。見渡せばどれもこれも、学歴があろうとなかろうと、小綺麗に暮そうと汚れて暮そうと、すべて場末での頑張りである。

「街道の際」は昭和四十六年の十二月締切りぎりぎりに書きあげた。翌四十七年はもっぱら、短篇集「水」におさめられた一連の作にかかりきって、そのあと、翌四十八年の年頭に「畑の声」を書いた。ついでながら、この作品の女性の登場人物の一人の名前が、以前私が勤めていた大学の関係者の間でのちに起った殺人事件の、被害者の名前と一字違いであり、作品の中に畑で男と争って叫ぶ場面などもあるのであとで困惑させられたが、事件の起ったのは私の小説の発表のあとであり、その不幸な女性について私は名前も存在も知らなかったことを、ここで念のため断わっておきたい。

　四十八年から四十九年の夏前まではまた長い作品にかかりきって、秋の十月から十一月に「駆ける女」を書いた。中学三年の後半から大学に入るまで、昭和の二十七年の秋から三十年の夏まで、私は品川の御殿山に住んでいた。御殿山といえば屋敷町だが、そのはずれもはずれ、西の崖の上で、二階の窓からは五反田の池上線の高架ホームまではるばると眺められ、秋から冬の晴れた日には富士が望めたが、下は見渡すかぎり町工場の、トタン屋根とスレート屋根だった。私の中学は芝高輪台の高松宮邸の下にあり、私は五反田から都電で清正公《せいしょうこう》前まで通っていたが、帰りに大通りを歩くことに厭《あ》くと、よく裏道に入った。都電で乗り合わせたセーラー服がどんな家に入るか、貧乏な中学生にとっては、憂うつな関心事であった。品川へ向かう道路の、右へ折れれば工場街となり、大工場のあいだに町工場の住まいが並び、左へ折れれば島津山の屋敷町、もうひとつ向こうの池田山には正田美智子嬢が住んでいた。

　私の通っていた新制中学は当時、進学者の割合いはそう高いものでなかった。町工場や商店の子も多くて、山の手とは言いながら気質はむしろ下町のものだった。また、戦後最初に暮した八王子の家は工場こそ遠かったが工場の付属物で、広い物置には工具が山と積まれて、鉄と油と錆のにおいが家じゅうに漂っていた。つぎに暮した芝白金も裏がすぐに町工場だった。また、御殿山にいた当時も、父親は崖のすぐ下にある、町工場に毛の生えたぐらいの規模の会社の役員をしていた。夜光塗料を扱っていた。先々たいそう有望な商品と関係者は思っていたらしい。ところが道路ひとつ隔てて、父親のところよりはふたまわりほど大きいが、まあ大して変わりもなさそうな工場があり、テープレコーダーなどを扱っていた。そのうちに機械がもっともっと小さくなるという。そんな特殊な、生活からかけ離れたものを商っても、と周囲では思っていたようだったが、あにはからんや、世界に鳴り響く大企業となった。トランジスタと夜光塗料とでは勝負にならない。

御殿山から品川のほうへ向かうと八ツ山橋、八ツ山橋を越えて旧廓町を抜けるとまた、品川岸壁まで町工場がひしめいていた。中学の頃には、日曜などに金のない友達どうし、あてもなくぶらぶらと岸壁まで行って人の釣りを眺めていたものだ。大学の頃には一時期、大森界隈でときどき呑んでいた。

翌五十年には「聖」の連載にかかりきっていた。月に二十枚も書くともうほかの仕事には手が出ないありさまで、短篇のほうの編集担当者をじれったがらせたようだが、私自身も、年に一本ずつの、四年越しの短篇連作などというのは、いまどき大げさすぎるようで気がひけていた。その頃、隣家の深夜の天麩羅のにおいと早朝の鶯の声とに四季なやまされている知人の話を聞いて、笑うに笑えず、心に留まったことがあった。年末近くに連載が終って短篇のほうをせまられたとき、この話をまた思い出して、迷惑しつつ暮す住人の気弱な表情をほんの一場の話として描いてみよう、と最初は考えたのだ。それがあのとおり、「らくだ」の方角へ行ってしまった。二十枚も進んだ頃、その気配が出てきて、「やめろ、やめろ、歯が立つわけはない」としきりに制する声が内にあったのだが、私がまたあんがい、走り出したらとまらないほうなのだ。わざわざ出発点までもどって、「らくだ」めがけて突っ走ったものだ。迷惑させられる側の心情に寄り添うつもりでいたのが、夜更けに天麩羅を揚げて喰う一家の活力に、私自身いささかエキサイトさせられたものらしい。

寄席というところへ初めて連れて行かれたのはたしか小学校の三年生の頃の、新宿末広亭だった。中に入ってまず退屈どころか、よくもまあ大人たちは、こんな可笑しくもない話にあんなに笑えるものだ、とつくづく周囲を眺めた。漫才が始まってようやく自分も笑い出した。それがどういうものか、わずか一年もして四年生の頃には、ラジオの寄席番組をのがさず聞くようになっていた。六年生の頃になると、咄し家は誰が好きだと聞かれれば、柳好、可楽、志ん生と答えたから、妙な子供だった。

柳好の「野晒し」のあの独特な、浮かれるような陰気なような口調がまだ耳に残っている。「らくだ」のほうは可楽のあの、いくらか舌にもつれる、どこか陰々滅々として可笑しい凄み方、あれしか覚えていない。

向き不向きということで言えば、「夜の香り」などという作品は私にとっていちばん向きなのではないか、と思うことがしばしばある。ユーモアという、もとが胆汁質のものともすこし違うのだろう。我慢しておいて、ひょいと寒風の中へ放《ほう》り出す、擲《てき》の快感のほうに付く性質《たち》らしい。それはともかく、電車の網棚によく遺骨の忘れ物があるという、あれは忘れるようなものじゃあない。置いてきた、捨ててきたのだ。とすればそれも野辺送りか、伝統にかなったところがどこかありはしないか、とそんなことをよく考えた、気分の落ちこんでいた時期の作だった。

翌五十一年に「女たちの家」を婦人公論に六月号から十月号まで連載した。四回短期と記憶していたが五回であったらしい。日程表を見ると二章ずつ四回で書いている。最終回が長くなりすぎたので分割したのだろう。

私がいままで暮した土地のなかでいちばん長いのは現在のところで、つぎは生まれたところ、三番目が芝の白金台町で、ここには中学三年の夏まで四年半ほどもいた。芝白金といってももう目黒寄りの境で、道ひとつ先は上大崎となっていた。白金迎賓館、昔は朝香宮邸、その敷地の、目黒通りを隔てて向かいあたりだった。あの邸はたしか当時、首相公邸（官邸ではない）となっていて、日米講和のときに吉田茂がそこに集合した随行議員たちをひきつれて羽田へ向かうところを、目黒通りを折れて五反田のほうへ通じたばかりの、今は高速道路の下、あの頃は砕石をざっと敷いただけの道路の端に立って見送ったものだ。がたがた道に傾く黒塗りの外車の中をのぞきこんで、世の中にはずいぶんまた顔面の大きな人たちがいるものだと子供心に舌を巻いた覚えがある。ぽかんとして見ていたら、これまた大きな手を窓の外へあげて、立ちもせぬ喚声に答えていた。池田勇人だったかと思う。それにしても車ばかりが立派で、中の人間たちは皆、たしか貧乏人に近い顔をしていた。まだまだ車の往来もすくなくて、ぼんやりした犬や猫がよく轢かれる角《かど》っこのあたりだった。

道端に立つわれわれ子供たちの姿を写真に撮って行ったら、アメリカに日本の窮状を訴えるのに恰好な材料になっていたに違いない。茫然自失の顔に映ったはずだ。珍しい物を見ると、いつもそういう顔になった。

目黒通り、五番の都電の走る通りを、白金台のほうから目黒駅を過ぎて、陸橋を渡ると権の助坂の下りになる。道路の右側の、歩道の右は商店街で、左にずらりと、ほとんど常時、露店が並んでいた。大道商人の呼び声で賑わっていたが闇市というにはもうひとつ、何というか、豊饒さが足りなかった。闇市は右手の商店街の奥へ切れこんだあたりにあったかと思う。子供たちは近所の遊びにあきるとそのまま権の助坂へ流れていく。かなり寒くなるまで、たいてい素足に下駄をはいていた。鼻緒は何度もボロ切れですげかえられた。漫画の叩き売りなどを、いちばん前に並んでしゃがみこんで気長に見ていた。絵と色のずれたようなゾッキ本を、男が茣蓙《ござ》の上に横に十冊も並べて、縦に一冊ずつ継ぎ足していく。七、八冊にも伸びたところから口上が熱を帯びて急になり、これがおマケでこれがおソエ、これが愛嬌のこれがサービス、ええい、これがイロケだ、とその辺まで重なると、緊張に堪えられなくなるものか、のぞいていた客がぞろぞろと散りはじめる。大人たちがそんなものを大まじめな顔で眺めていたものだ。茣蓙の縁まで伸び切った本の列の前に低くしゃがみこむ子供たちだけがあとに残る。お前ら、金がねえんだろう、と店の男がいう。こちらが腰をあげかけると、ま、いいや、そこにいな、また始めっから、と本を手もとに集める。

さらしの布を売る、尺取りの手際を眺めたこともある。布に物差しをあてて、これがおマケのこれがおソエと、布を先へ送るようにしながら、半分ぐらいずつ手もとへ繰りもどしていく。前から大人に聞かされていたので、手と布の動きを一所懸命に見るのだが、進んでいるようにも戻っているようにも見える。そのうちに、物差しからひときわ気前よく繰り出されたところを、脇からぐいと掴んだ手があった。かなり身なりの良い、洋装の小母さんだった。へい、毎度、とうしろに控えていたもう一人の男が、先刻紙に包んで紐を掛けたのを差し出す。あたしはこれが、欲しいのよ、と小母さんは手を離さない。店の男たちは具合いの悪い顔をする。なんだ、そんな仕掛けだったのか、と私もちょっとがっかりさせられたが、尺取りの男と小母さんの間で悶着が始まった。これもあれも変わりゃあしねえよ、なにか、因縁をつける気か、と男は凄むけれど、小母さんは梃子でも動かない。やがてうしろの男が間に入って、どうしても得心がいかないのなら、かまいません、それをお持ちください、と意外に穏和な言葉で取りなした。尺取りの男は布の端を両手でちぎり、片足をかけてびびいっとひき裂くと、もってけ、糞婆あ、と小母さんに放りつけた。包みましょう、ともう一人の男はすすめたが、小母さんは胸に抱えこんでしまった。金を置いてそそくさと去りかけた小母さんを呼びとめて、男は包み紙と紐まで渡していた。

一人は見るからにヤクザ臭い、岩ごつごつの顔で、もう一人はどこか凜々しい、秀才の学生か若い軍人を思わせる、まず美青年だった。二、三日してその場面を思い返すうちに、私はようやく驚いたものだ。凄んでいた尺取り男のほうが美青年、ヤクザづらの男のほうが穏和に取りなしていたのだった。私の母親と同じ年恰好の小母さんのほうの顔は、妙になまなましく目に残った。

　その、なまなましい顔の印象、ということなのだが、盛り場を歩いていると、それが子供の目につく、そんな男女がときどきあった。十二歳ぐらいの子供の、あくまでも直感である。すぐ周囲の顔とくらべて端的に、なまなましいと感じられるのだ。べつに変わったことをしているわけでない。身なりもさほど変わったところもない。若いのもあれば、そうでないのもある。一緒にいるところを見るわけでもない。たとえば一人は店の内にいて、一人は露店で声を絞っている。まったく別々に、印象に残るのだ。と、その二人に真っ昼間、火薬庫の中で出会うことがあった。

　カヤクコと、私たちは現在の自然教育園をそう呼んでいた。市街地の真只中に囲いこまれて、現在でも見事な、ところどころ鬱蒼とした森林である。じつは敗戦直後のほうが、囲いは破れて人の出入りは自由で、枝や幹を荒らされて、いまよりは衰弱していた。藪あり林あり、池あり沼ありで、子供たちの恰好な遊び場となっていた。大木の陰などで不良がかった中学生がたむろして、煙草をふかしたりしていた。野犬が群れをなして走ることもあった。水死あり首吊りあり殺人あり、そして男女たちも昼間から入ってきた。林の曲がり目などで子供に出っくわすと、男はけわしい目つきをして、女はずぶといような顔をした。子供も底意地の悪い目をして通り過ぎる。厭なにおいがその辺に立ちこめているような気がしたものだ。戦中は実際に火薬庫であったようで、草むらのあちこちに防空壕の跡の、穴があった。遺棄された小銃の弾をいたずらして指を飛ばされかけた子供もあったが、探偵ごっこなどをして、穴に隠れようと草むらの中を屈んで進んでくると、先客があり、こちらはすくみこむ、ということがあった。にわかに退きもならないので、見てしまうことになる。目撃しながら、そのことを知らないという、妙なあんばいだった。

その、子供の直感したなまなましさのことであるが、廁でまくる尻の生白さのような感じを、どす黒い顔にも見たのだ。子供のことなので勘弁していただきたい。そのことで後年つくづくと首をひねるのは、あの印象はそれまで生活に型があって人はめったになまな顔を戸外へあらわさなかったせいか、一時期のものだったたか、変わり目の特殊なものかそれとも、われわれはあれきり、昔の人間の目から見れば、あんな顔をさらして街を歩いているのか。あの顔で暮しているのか。あのにおいを、つねづね発しているのか。これが長年心にかかる問である。

都電の走る目黒通りに面して、外から来れば左は女世帯の下駄屋さん、右は郷里から来る常客相手の町の旅館、そのあいだの細い路地のつきあたりに、私たちの間借りする家は終日陰の中にくすぶっていた。厠のほうで梁のやや傾いだ震災前の二階家に、ここにも入れかわり立ちかわり、大勢の人間が暮していた。学生に職人に工員に薬売りの娘さんたち、右翼と共産党が襖一枚隔てて眠る時期もあった、いや、本物である。

聖の祟り

昭和五十年の十月のこと、河出書房の人ふたりに伴われて宇都宮まで出かけた。仕事を終えてその夜は鬼怒川に泊まり、翌日は川上のほうまで足を伸ばすことになった。川治、五十里《いかり》をバスでながながとさかのぼり、日光街道から西へ逸れて支流の温泉郷まで来て、まだその日のうちに東京までひき返せる時刻だったので泊まりも定めずに、とりあえず昼食をとるために百姓屋敷風の店へあがりこんだ。観光用にこしらえた囲炉裏に笹酒を暖め、高窓から滴る薄い日を眺めて、もう三本もう二本と注文するうちに日が暮れた。酔いもすっかりまわって、帰れなくなった。

その夜はその店の別棟でやすんで、翌朝一人が仕事のためにすぐに帰り、まだ閑のある二人が酒の気を払うために、山道をしばらく谷の奥まで登ってみた。林業の家の点々と続く道だった。どの家も見たところ豊かに住みなして、庭に乗用車があり、大きな犬の飼われているのが目についた。畑もあちこちに拓かれて丹精されていた。

山林の中へ入りそうなところまで来て、きりがないのでひき返すことにした。その帰り道、林業の家々の前も過ぎて、谷の温泉郷までもうひと折れしてまっすぐ下る手前、その曲がり目の谷側の、枯れかけた草原に墓石の並ぶのが見えた。人の墓地を目にとめてつかつかと踏みこむ神経を私はもちあわせていない。ただ、墓地の正面かなり手前に小広い空地があってとぼしい草を生やし、そこから谷が見晴らせそうなので、一服するつもりで入って行った。ところが真ん中あたりまで来て足もとがなにやら、具合が悪くなった。畑の中へ踏み入ったような感触がする。連れのほうもなんとなく具合の悪さを感じたようで、やがて二人はしゃがみこんで、土の上に置き去りにされた妙な造り物を眺めた。

一米ぐらいのものだったろうか、細長い家のかたちに木でざっとこしらえてあった。脇から内がのぞけて、黒く枯れかけた、花やら食べ物らしいものやら、供物がいっぱいにおさめられ、全体が風に飛ばされぬようにか、まるい石がいくつも押しこまれていた。人の頭ほどの大きさと見えた。仔細に眺めたわけでもない。何であり、何の用のものであるか、さしあたり想像もせずにいた。ただそろりそろりとつま先立ちぎみに、自身の体重をごまかすみたいに、道へ抜け出してきた。

「聖」の連載を十一回目まで、ちょうど済ませたところだった。一年間の約束なのであと一回分、最終回を余して、連載がしまいにかかったときの常で、ここでこそ踏張らなくては今までの苦労が水の泡になるような、しかしもはやどうにもならぬような、あいまいな焦りをひとつ気分転換することにもなるかと思って、旅どころではないはずの時期に、旅に出てきていた。

帰ったあと、その月のうちに連載はどうにかしまえた。土壇場になってそれまでの借りが一度にふくらんだみたいに苦労させられて、終えたあとにも、大きな負債を今後に残した気がした。それから十一月の初めにある大学の学園祭の、文芸部のシンポジウムに招かれることがあった。自身の作家活動について話せという依頼だったと思うが、何を話したことか。たしか、今後のことについて、自然主義ないし私小説的な方向を取るのか、という質問にたいして、一見そちらへ向かっているように見えるだろうが、自分の目指すところは結局、かなり抽象化された象徴性ではないかと思っている、と答えた覚えがある。会の最後に、近頃どういう事柄に関心をもっているか、との質問がまたあり、それに答えて、日本の埋葬の風習への興味を話した。死者を捨てるがごとくに葬ったという風習の影がいまだにわれわれ現代人の内にも残存していて、生きる心の底層をなしているのではないか、それが現代社会の中でもう一度露呈してくるのではないか、という見当のことだった。土地によってはそんな風習がつい近頃まで遺っていたという。死者をあちらの墓に葬り、その霊をこちらの墓に祭る。二つの墓が近く接していて一体と感じられている場合もあるが、遠く離れていて、どうかしてお互いに没交渉のごとく感じられている場合もあったという。そういう事実にあらわれるわれわれ日本人の、生と死との間にぽっかりあいた、いわば宗教および風習に開いた虚・無、そこからじかに吹きつける死の体感みたいなもの、これが個人および社会の低湿部をなしていて、われわれは死をけっして精神的に受け止められない。もっぱら肉体的に反応する。肉体という場合まずセックスではなくて、このことを思うべきでないか。それによって社会的な肉体というものが考えられてくるのではないか。などと、若い人を相手にするのはやっぱり苦手でずいぶんたどたどしく論じるうちに、論旨もこんがらかって苦し紛れに、つい先日こんな妙な体験をした、と例の旅のことをさらりと話して切りあげた。

するとふと廊下に出てから後を追ってくる学生があり、振向くといかにも聡明そうな、都会風の潑剌とした女子学生がやや張りつめた顔をして、何の質問かと思ったら、あの、さきほどのお話、あれは私の郷里に近いほうなんです、ご想像のとおりあの下には実際に、死者《ほとけ》さまが……という。呆気に取られて、どう見てもやはり都会風の、沿線新興住宅地の育ちとしか思えない顔をつくづく眺めて、ここでもまた負債をつくったと感じた。

またその頃だったかと思うが、新宿あたりの街頭で若い者たちがビラをまいて、火葬反対を訴えていたとか、そんな話を新聞で読んだ。どういう欲求だろうか、死者の土中で朽ちていく時間を生者も生きることを大事と感じたのか、と首をかしげたが、主張の趣旨は覚えていない。私としては、生と死との境界にあって死を背負い顔は生者のほうに向けて立つ者としての、聖職者の原型というか発生形態に関心を抱きつづけた。そんな発生が実際につい近代まで見られたとかいう。また職業一般にしても、実際の働きによって世に仕えるということのほかに、それぞれの場所においてそれぞれの存在によって、人のために、いわば宗教的な虚・無の一部を塞ぐという、役割をおのずと担っていたのではないか、とそんなことも思った。

五十一年の正月に武田泰淳氏と対談をさせられることになった。胸を借りる若手として私を選んだのは編集部の間違いだったかもしれない。というのも私はもっと若い頃から、自分からはあまり話さない、自分の関心事を他者に対してあまり積極的に展開していかない。むしろ相手の話を受けて、相手に添って話を寛がせていく性分である。武田氏は、名うての大捕手である。若手がまず荒れ球を投げこんで来ないことになはさばきようもない。同様の迷惑はたしかその前年の対談の、吉行淳之介氏にもかけたようだ。吉行氏も周知のとおりの名捕手である。さて今夜は内向の棒球荒れ球をさばいてやろうとミットを構えたら、むこうでもちょこんとしゃがみこんで下手のミットを構えている。あのときは吉行氏が呆れて、それではお前は坐っておれとばかりに速球を投げこんでくれたので、こちらはしどろもどろに受けるだけで済んでまず助かった。このたびは武田氏の、加減もすでによろしくはなかったように見うけられた。それにいまさら若手の話を、もう聞くこともないという疲れもあったことだろう。私のほうはたずねたいことがある。さまざまたずねたいと焦るのだが、困ったことに当時の私の関心がどうも、御僧侶としての武田氏に向かうけはいがあり、それはいかにも不謹慎なことと思われて、どこか文学からの勝手口はないものかとうろうろ探しまわるうちに、武田氏が唄い出した。あたしバカよね、おバカさんよね……と。話の流れから出てきたのだが、それにしても歌詞がうろ覚えではない。私は感心させられるとともに、私の打ちこみがたるくて面目次第もありませんと、あるいはたまたまその唄は苦手で折角の唱和ができなかったせいもあったか、うなだれて聞いていた。

それが武田氏にお目にかかった唯一の機会だった。その年の十月に武田氏の訃報に接したとき、私は身勝手ながら、しまったと思った。酒をもう二、三本もひっかけて、たずねるべきことをたずねておくべきだったか、と悔まれた。しかし何でもたずねればいいってものじゃない、たずねぞこねるのもまた面白いことだ、と思いかえして慰めた。その頃私自身も、わけはわからず体重がじわじわと減っていた。音楽ばかりを病いのごとく聞いていた時期もあった。ヴァイオリンの音が耳に深く入るということは、私としてはいささか不吉とも思われる兆候だった。身体が勝手に、自己消耗ぎみであった。どうしたことかと首をかしげていたら、武田氏の葬儀の二日後に高熱を出した。一日寝ついただけである。

五十一年の末から五十二年にかけての冬は例年になく寒かった。あの頃、火曜放火魔というのがあった。火曜ごとに、新宿あたりで放火が起る。焼死者も出た。そのあとも、人をおそれぬ、というよりはまるで几帳面なように、火曜ごとに放火がくりかえされた。またその頃、隔週かときには毎週、月曜日に私たちは集まりを持った。私たちというのは、高井有一、後藤明生、坂上弘と私との四人で、雑誌「文体」の創刊のための相談だった。坂上弘は途中でしばらく、アメリカへ抜けた。月曜に集まったというのは、こういうことは機械的に曜日を決めてしまったほうが各人予定が立ちやすいということではなかったかと思う。会は四谷あたりか本郷あたりで宵の口から始め、それが終えたあと、新宿のほうに寄る。まず御苑のあたりに寄せて、だんだんに西へ向かうのがおおよその寸法であったが、街の中心を横切るのはたいてい夜半過ぎで、寒さは寒さとして、しかし近頃また深夜の巷が賑わいを盛りかえしたようではないか、という印象を私は毎度受けた。その何年か前までなら深夜にこのあたりが賑わうのはめずらしくもなかったが、その年あたりから、夜の街はどこでもさびれかけていた。それが私たちの来る夜にかぎって、人出が多い。そんなことがひと月、あるいはもっと続いただろうか。ある夜、高井、後藤と三人して歌舞伎町まで来ると、またひときわ賑やかだった。人が多くて、テレビの中継車もとまり、警官があちこちの角に詰めて、ときに通行人を尋問している。自警団らしき姿も見える。私服もあちこちに混っているらしい。

そこでようやく、火曜とはその未明のことを言っているのだと悟ったわけだ。それならわれわれもまた、ここのところ火曜毎に、現場近くをうろついていることになる。それにしても通行人たちがどこか気ままらしく楽しげで、いささか挑むみたいに、たいていが笑っていた。警官たちの顔にも精彩が見える。全体として和気靄々、と紛らわしい雰囲気がある。今夜のところはまだ、火の手があがったとか、犯人が捕まりかけたとか、そんなことはないようだった。まるでリハーサルだ、とそう思うと、街全体が書割りめいてきた。

　これでは晴がましすぎて、主役としても、出るに出られないではないか、とそんな冗談口を私も叩いたものだ。それからまたしばらく呑んで、もう四時近く、大ガードの近くで車を拾って家へ向かうと運転手が、その間に新宿で二カ所、火がつけられたと教えてくれた。ほうと舌を巻いてその夜は床に就き、翌日新聞をひろげると、犯人が捕まっていた。私の住まう町より二キロほど先の町の、床屋の若旦那か若い衆かで、蓄膿持ちだとかいう。鋏に剃刀に頭痛とはおそろしい。それはともかく、その町の住人なら、火曜の未明の新宿からの帰路は、私と同じになる。おそらくほぼ同じ時刻でもあったのだろう。「運転手さん、その三叉路をまっすぐ渡って停めてください」と私がいうのと前後して、「あっ、その三叉路を右、あとは道なり」とか、「まっすぐ、環八のむこうまでやって。また新宿で放火があったってねえ。世の中、狂ってるよな」などと彼はつぶやいていたかもしれない。「文体」の発刊というと、この出来事を妙に思い出す。三年十二号のあいだ、その仕事のために、私としては外出することのずいぶん多かった時期であるが、その街を出歩くときに何となく感じた世間の、すこし前までとたしかに違う、だいぶ疲れて鬱屈した雰囲気に、通じるところがあったのだろう。

　五十二年の三月に「文体」の事務所が麴町に設けられ、店びらきとなった。私にとって、組織らしいものに関与するのは大学をやめてから七年ぶりだった。その間に単独行の安易がすっかり身に染みついたので、自分から望んで参加したこととはいいながら、約束の期限の三年が無事に果てるのを、すでに待ち遠しいような気持で思ったものだ。最初のうちは、雑誌が出来るまでにどの辺が閑で、どの辺から忙しくなるのか、まるっきり見当もつかなかったもので、担当の月曜毎に、午後から事務所にかならず詰めていた。電話一本掛って来なかった。

同人自身が毎号書く、各人その時期の主要な仕事をここでする、という方針だった。その頃、私は短篇のほうを書きたかった。ちょっと微妙なテーマを引き寄せていて、その周囲を、すこしずつ異った距離から、短篇でめぐってみたいと思っていた。しかし雑誌をつくるからには、もっと筋の太い、ひとつながりの作品で押してみるべきだろうな、と思いかえした。そこで困惑したことだ。というのも、ひと筋に押すべきものとして私にはさしあたり、「聖」のつづきしかない。これはしかし、もっと先の仕事だと感じていた。前の作品を締めたときの疲れがまだ残っていた。しかしまた、長いものなら、ほかにやることもない。いささか進退きわまった頃に、ひとつ主人公の男をきちんと第三人称、何某としてやったらどうだ、と思いついた。そいつはなおさら無鉄砲と、いっときは尻ごみしたものの、もともと私には馳せ参じるに物の具一式しかない。迷うこともないのだ。

それから場所をきちんと東京、それも新興住宅地、いわば新東京にすべきだと考えた。男と女の経緯の、気むずかしげな神経を描くことには興味もない。そんなことではなくてひとつの始まり、世帯の始まりを描く、平凡な成行きほど妖しいものはないという意識をしっかりと保つのが肝腎だ、と自分によくよく言い聞かせると、あとはろくに構想も練らなかった。つまり、男に逃げを打たせるという手を、あらかじめ封じたわけだ。散漫なところから始めて例の、粘っていれば、いずれ煮つまってくるだろう、とかまえることにしたが、短篇でそのつど遠く近くから掠めるつもりでいた剣呑なテーマの中へ、まっすぐ落ちかかることになるとは、かならずしも気がついてはいなかった。

七月に入って最初の原稿を編集部、というのは自分で自分に提出すると、おいおい事務所のほうも忙しくなってきた。どう運ばれるのかが心配で、一日おきぐらいに出勤したものだ。原稿がぽつぽつ入ってくる。信頼すべき著者たちに同人が依頼して早くから承諾も受けているのだから、事故のないかぎり、原稿の入ってくるのは当り前のようなものなのだが、そこは鬼の首でも取ったがごとく、予定表の著者名の頭に丸印を打ち、なにやら開票時の選挙事務所の、赤い花とか白い花とかに雰囲気が似通ってくる。人の生原稿も読むことになったが、その労苦よりは、どうも恥かしくて、読まれている人もそうと知ったら照れくさいだろうと思うとまたよけいに恥かしくて、幾度も前に進めなくなって困った。あの頃から私自身も、原稿の字はできるだけていねいに、できれば無表情に、書くよう心がけるようになった。それにしてもいろいろと物には馴れるものだが、他人の筆蹟にもけっこう馴れるものだと驚きもした。

そう言うとたいそう忙しそうに聞えるが、じつはたいして働いてもいなかった。原稿や校正刷を読みもするが大方は相談事の出るのを待って、ただ坐っている。実務担当の若い女性がきわめて有能で、実質、編集長でもあった。また毎号、五人ずつ校閲の人たちが詰めてくれて、こちらも一人を除いて女性たちであったが、精密な仕事ぶりの上に、編集の進行にいろいろと目配りもしてくれた。同人四人が揃って著者に打ち首にされてもしかたのないような、大も大なるミスを、すんでのところでチェックしてもらったこともある。この人たちが有能であることは、外部の人も請け合ってくれた。そこへいくと同人の男たちは、酒ばかり呑んでいる案山子《かかし》みたいなものだという評判もあった。

校了前の三日間は同人たちも殊勝に、印刷所に詰めた。板橋の大工場、の間にいささか陥没した風体の、古めかしい木造の建物だった。内実も昔の職人気質がかなり残っているようで、活字の拾いはきわめて良かった。中庭の端に、屑となった紙を圧縮して紐をかけて片づける、売れない本を書いて暮す人間にはどうも連想のよろしくない機械がある。そこを過ぎて、ギシギシと鳴る階段をあがり、古い学校の標本室とかを想わせる部屋に入る。昼の三時頃にたいてい高井と私がまず来ると、女性たちの仕事はいまや酣《たけなわ》である。酣どころか午前中から働いている。われわれは茶を呑んでから担当の校正刷を読んだり、さしあたり済んだ校正刷の控えを読んだり、じつはここでも、問題が起るまでは、あまりすることもないのだ。面倒のないことをひたすら念じながら、小さな疑問が提示されると、眠りこみかけていたのがよろこび勇んで立ちあがる。ついでに雑談のほうがまた長くなるのだが。どうでもいいけど、と高井はふた言目にはそう言いながら事をよくさばいた。私のほうは、さてどうしようか、などと思案しながら、何となく人に結論をつけさせる傾きがあった。日が暮れた頃に後藤がやあやあと言って来る。この同人は来るのも原稿を出すのも遅いのだが、いざ事を始末するのはじつに迅速なのだ。ひとしきり雑談を終えて静かになると一時間足らずで、溜まっていた事務を片づけてしまう。それから、そろそろ飯にしませんか、とまるで日の高いうちから来ていたように言う。高井と私は、その声を待っている。女性たちも適当にきりをつけて早く来てください、席を取っておきますから、などと無責任なようなことを言って中仙道筋の飯屋に向かう。

校正室のある棟から中庭に出るガラス戸の両側にしばしば、刷りたて未製本の雑誌がうずたかく、二階まで届きそうに積まれてあった。たいそう売れている劇画雑誌である。ある夜その谷間をくぐりながら同人たちが、もしもこの山が崩れてわれわれ作家たちが下敷きになって、大怪我をしたとか命を失ったとか、そんなことが起きたらちょっと面白い話題になるだろうな、と笑いあったことがある。

飯屋で酒を呑むうちに主力の女性部隊が到着して賑やかな夕食となり、やがて主力がまた現場に立ったあとも男たちはしばし残留する。その頃に坂上が会社のほうの仕事をやっと終えて駆けつける。勤めと執筆と編集と、いわば三足の草鞋となり、いつ見ても疲れが限界に来かかったような顔をしていた。ある夜、夕食に間にあって膳の前でひと息深くつくや、二十年勤続の表彰を受けちまったよ、と苦笑した。

校正室にもどるとあとはその日の仕事じまい待ちとなるが、それからが長くて、たいてい夜半をまわった。女性たちはいよいよ働きまくる。絶対的に時間の足りない坂上は隣の空き部屋にひとりこもり、自身の作品か担当の対談かの校正を続ける。あとの三人は、これが夜更けまで忙しいようでは、もう異常事態発生のしるしであり、閑が息災なのだ。

机の上に辞典があり、物の喰いさしがあり、草臥《くたび》れたような湯呑みがあり、ひとりさえざえとした顔の本ゲラがあり、端のほうに控えのゲラが山と積まれている。時間の運びが急に遅くなる。同人はそれぞれ責任分を控えで読み、人の相談も受け、雑談にも疲れるとゲラの山からあれこれ手当り次第に取り出して読み散らす。その時の感覚なのだが、文章がもはや物の表情をあらわしはじめる。こちらは内容を読むというよりもその活字面《づら》を目で、撫でさするようにしている。すると机の上に氾濫するゲラから、個々の文章であることを超えた集合的な、ひとつの相貌めいたものが浮びかかる。この相貌に妙な実質感があるのだ。やや投げやりでしかもやや偏執的な、淡泊で闊達なようで眉をかすかにしかめている、すこし自律神経失調ぎみの、そんな顔つきを全体としてしている。これがあんがい、なまじの論考よりも、時代の文体というもののじかの感触なのではないか、とそう思われることがあった。しかしまた全体が、たまたま手に入ってきた自分の文章もふくめて、得体の知れぬ言葉のごとく、急に目に馴染まなくなる瞬間もあった。

いよいよ仕事がしまいにかかると、女性事務長の若い星さんが、今日の分はほんとうに仕終えたか、大きなミスはないか、確認する。そのまわりにいつのまにか男たちが腰を浮して集まってきて、じっとのぞきこんでいる。ことに最終日の校了責了の間際には、仕あがりが完璧か、もう一度駄目を押す星さんの目の先と手の先を男たちは息をこらすがごとく、最後の一歩がなかなか届かぬがごとく、ひっそりと見まもり、はい、終りましたの爽やかなひと声に、どっと歓声をあげる、そんな年齢でもないが、とにかく燥《はしや》いで打ちあげに呑みなおしに行く。

厄年の頃

「文体」が季刊であったことを、前回の後記で言いわすれたかと思う。昭和五十三年に入って、第三号の編集を迎える頃から、季刊の呼吸にもやや馴れてきた。それ以来二年あまりというもの、作家としての生活全体がすっかり三カ月周期となった。

たとえば二月の初旬に出張校正の仕事がある。それを終えると、ひと晩ぐっすり眠って疲れを払い、先月の末までに取っかかりだけをつけておいた短篇にすぐさまかかる。一週間も苦しんで中旬に、それを予定の文芸誌に提出する。その校正刷の手入れが終るともう下旬に入り、月末には「文体」が出来あがってくる。次号の編集会議があり、目次の担当が手分けして決まり、何人もの著者に電話で依頼する。会ってお願いすることもある。三月の一日に「文体」が書店に出る。それからまた一週間もうかうかと過してから、今号の自分の作品をどこの莫迦者が書いたかと呆れて読み返しながらしぶしぶと、かさんだ負債の始末を今度はいくらかでもつけようと、次号の仕事の机に就くとちょうどその頃、各文芸誌の新しい号が送られてきて、その内につい先日ゲラを返したばかりの自分の短篇もあり、しばしびっくりしたような気持で眺めさせられる。一月の初めに「文体」に渡した作品と、二月も下旬近くに他誌に渡した作品とが、編集のアマとプロの相違もあって、ほぼ同時に世に出るのだ。

「文体」のほうの連作は号を重ねるほどに危っかしい泥沼の中へ実直にはまりこんでいく。他誌に出した短篇のほうは、剣呑になりそうなところで身をかわして仕舞えている。長篇が短篇の身の軽さを恨むような気持で、「文体」のほうの鈍重な筆を運んだものだ。こちらは毎回九十枚足らずであったが、ひと月はたっぷり、かかりきりになった。翌四月の初めに終えて、赤鉛筆で原稿の整理までして「文体」の女性事務長のもとに提出、今回も同人の内ではトップであった旨、お褒めの言葉を頂く。おかげで自分でもかなり頑張ったような気分になり、役にも立たないのに事務所へ出勤する日が急にふえて、それにつれて呑み更《ふ》かす夜もおいおい繁くなり、疲れた疲れたと一人で燥ぐうちにたちまち下旬に入り、あわてて短篇のほうの仕事に向かう。出張校正に中断されるその前に二十枚、いや、せめて十枚でも頭をつけておきたいとあせる。それが七、八枚のところで、五月の初めにまた印刷所に入る。以下、「文体」終刊の五十五年まで二年あまり、短篇を欠かした一季を除いて、まったくの同文となる。「湯」と「椋鳥」、「背」と「親坂」、「首」と「子安」、以下、「声」と「あなおもしろ」まで、それぞれ同月掲載となる。

五十三年の十月に「子」を書き終えると、「文体」のほうの長篇にひとまずここで区切りをつけることにした。「栖」という総題でまとめたのはここまでである。そのあとすぐに「咳花」を書いて、短篇のほうもひと段落と感じた。それからまる一季、短篇を飛ばしている。それを境に、長篇のほうのあんばいがやや変ったように、書いていて思った。これまでいくらか逸《はや》って展開してきた分を、じっと抱えこんで、沈めていきたいという欲求が強くなった。狂いに落ちる過程をたどることはまだしもできても、狂いから立ちなおる過程を追うのは、これこそむずかしい。自分でもまだ試みたこともない仕事だった。それにまた考えてみれば、病むということよりも、癒えるということのほうがよほど、不思議な内容をふくむように見えてきた。たしかに病人が癒えるということは自然なようで、不思議なことである。おそらく同じところで永遠に足踏みをつづける憂鬱さの中で、自分では前に進んだともなく、時の力によって、一段ずつ生命力を取りもどしていく。何でもない日常の暮しをつづける、朝となり夜となることに自然に順うことほどに、人に生命力を要求するものはないのではないか。

まずそう感じて、それが後半の腰みたいなものになった。同じところに足踏みする憂鬱さを、書く者がまず自身のものとしなくてはならない、と覚悟が定まると、これが自分にとってもともと性に合った、物の見方と感じ方とにも適《かな》った、筆の運びであることがわかった。それどころか、自分はいままでいつでもこの癒えていく憂鬱さをくりかえし書いていたような、そんな気にさえなった。

動きへの欲求は短篇のほうへ移ったようで、後半二作目の「葛」のあとには、「牛男」などという、久しぶりに燥いだ短篇を書いたものだ。長篇の時には、小説であることをしばし忘れたい、小説にならないような角度へ粘っていきたい、といわんばかりのところがたしかに私の筆にはある。

それにしても、三カ月に一度、八十何枚と四十枚ほどの小説を定期的に書くのは、私にとってかなり苦労なことだった。体力はけっしてないほうではなくて、おしなべて勤勉にはしているが生来どうも、時間を溜めるのは得手でなく、いったん寝そべってしまうとなかなか起きない性分なので、それだけによけい気を張りつづけなくてはならない。それはいいのだが、しかし仕事がきつい坂にかかるとき、これさえ越してしまえばすっかり埒があくような、たとえば長い休暇に入れるとか、あるいはひろびろと展望がひらけてその先は悠々漫歩になるとか、じつはそんなことはありはしなくて、坂を越えればまた変りばえもせぬ坂があるだけだとよくよくわかっているのだけれど、楽しみの影をおのずと頼りにして辛抱している。夏休み前の生徒とか、尾根に向かう登山者とかによくある心理で、いずれにしても子供っぽい。いい年をして、騙されれば騙されるほど、そこだけはかえって子供っぽくなっていく。これは誰でも、幾歳になってもそうなのだろうか、と道を急ぐ中年男どもにたずねたくなるような気持になることもある。

五十三年の正月から数えで四十二歳の、厄年というものに入った。かつぐほうではないが、この年齢ならばちょうど男が肉体の変調期にかかる頃だろうから、けじめを設けて慎しむということはきわめて合理的な配慮にちがいない、と前々から思っていた。おそらく、肉体が変調しているのを、本人がまだよく気がつかず、以前と同じようにこきつかうので、思わぬところで故障が起る。やれ中年の惑いだのと呼ばれる事件事故も、じつはそれに先立って肉体が肝腎なところで酷使に堪えかねて罷業《ひぎょう》をきめこむ、コントロールシステムがまず微妙に狂っていたとか、そんなところから来るのだろう。考えてみれば、首から上も、眼《まなこ》の奥も、これ肉体である。そんな呑気みたいなことを思いながら、神社仏閣に寄るたびにいちばん安い御札を受けるのが面白くて、やがては財布がしまいこんだ御札でふくれあがり、金持ちの狒々親爺の紙入れのごとくになり、酒場で酔うとときたまカウンターの上に、あちこちの神仏をずらりと勧《かん》請《じょう》して笑うこともあった。なにもそう、年寄り臭いような手つきをしなくても、夜中に歯を磨いて顔を水でさっと洗うその去りぎわに、日頃は手前の顔をろくにも眺めない男が洗面台の鏡をちらりとのぞくと、その中に立派な、先々の「お年寄り」の、面相が露われているのに。

四十の声を聞いて、あわてて何を始めるかに、その人間の性分が露われる、と言えるのかもしれない。たいていはあんがいみみっちい事柄なのだろう、と私はひそかに思っている。私自身の場合は、三十代が残りすくなくなった頃からすでに、仕事の真最中にしばしば、そういう時には雑念がよく動くものなのだが、おかしなひとり問答をするようになった。おい、お前ね、いつまでそうして過すつもりなんだよ、と自問する。そりゃあ、商売熱心はいいよ、喰わにゃならんからな、それに、その向きでもない人間が小説などを書いているのだから、よけいに精力を吸い取られるのは、よくわかるよ、しかしそろそろ四十だろうが、この先の気力体力の衰えを考えると、何とか生活を変えなくては……。

そう、そのとおりなんだ、俺も考えてるんだよ、と自答する。ま、この仕事の片がついたらな、夜はもう、物を書くまいと、そう思ってるんだ。朝は起きなくても、昼から日の暮れまでたっぷり仕事をすれば、人さまもお天道さまも文句は言わんだろうから、夜はさすがにもう、好きなことをしたくなった、喰うことはそれでも何とかなると思うんだよ……。

何度それを聞かされたことやら、いつか片がつくと、まだそれを心当てにしてるのか、と自分で苦笑する。さあ今日はここまでにしておこうと、日の暮れにあきらめたはずなのが、夜になって机に向かって本を読もうとすると何となく書きさしの原稿を引き寄せて、未練そうに眺めるうちに、せっかく開いた本を脇へ押しやって、昼間の失敗を書き直しはじめたり、翌日読み返すとそれがまた一段と悪かったり。物を読むときには、稼業の疲れを背に覚えて、たいていは寝そべってしまう。寝そべりながらも、固いものを手から離さないのはまずまず感心で、けっこうあれこれ漁ってはいるようだけれど、いずれ目は衰える、細かい活字はつらくなる。日暮れて道遠く、素養という点ではひょっとしたら、昔の中学生並みではないか……。

そろそろ、物を書く時間と精力を割いても腰を入れて始めなくてはと私の思っていたのは、つまり勉強である。学問ではない。学問は十年ほど前に門前の、そのまた手前ぐらいで棄ててしまった。ひとたび手中にした端を離せば、その糸筋によって引っぱりあげられていた知識の水準は当然のこと、天幕の崩れるがごとくになり、あとは寒々とした、戦後六三制の素養が露呈する。あれこれ知っている、ところどころけっこう高く突っ立っているというのとはまた別のこと、つまり文学者としての、基礎工事のことなのだ。

とはいうものの机に向かって書物をひろげれば、かれこれ十年になる、ここを一途の物書きの、疲れが目に背に滲んでくる。これはえらい商売をしているらしいなと思わされる。それだけならまだいいのだけれど、やがて心がやや静まり頭も澄みはじめるとたちまち、机の隅に封じられた書きかけの仕事のことが気にかかり出す。いつでも押されぎみの、負け戦なので、ひょっとしていまここで夜襲をかけたら、多少は失地を回復できるのではないか、とつい色気が動く。労苦の禁断症状というやつか。それを打ち払うためにも机を離れ、本を抱えて寝そべる必要がある。

電車の中だとあんがい心静かに読める、と若い頃の体験をまた思出した。ちょうど、「文体」の創刊準備が忙しくなり、私としては外出が頻繁になった時期である。たいていが地下鉄の中だった。三十分とまとまらぬ時間だが、仕事机の呪縛から遠ざかる効用らしく、好んで書を読むも甚しく解するは求めずというような、もちろん解するの水準はおのずと異なるのだが、豁達《かったつ》さがいささか生ずる。ここで端緒をつけ、あとは家で時間を盗み寝そべって読みすすむ。家で興味を見失いかけると、またここで端緒をつけなおす。まことに良いあんばいで、或る日地下鉄の中で気がついたら、四つも駅を乗り過していた。夏に軽井沢まで原稿をもらいに行くことを、有能なる女性戦力を一日でもそちらへ投ずることを惜んで気軽に引き受けたのも、列車の中の時間がすこしも気にならなかったからだ。同じ時間でも自宅の、仕事場にいると、どうもおのずと消耗する。源氏物語を、あさましいような速度で読んでいた時期だったかと思う。

その頃からまた、旅行の機会がぼつぼつ多くなった。五十三年の四月に若狭の宮代という辺鄙な漁村まで足を運んで、古くから伝わる、いささか隠微陰惨の気のある祭りを、酔狂な同行二人、時季はずれの氷雨まじりの海風にふるえて眺めていた。小浜という土地を初めて知った。夜中に目を覚ました同行の男が、窓際の椅子に腰かけてまたウイスキーをあおっている私を寝惚け眼で眺めやり、この男も見掛けによらず取っ憑かれ者のところもあるか、とそう思った、とそうあとで話した。年寄りの悪相として映ったのではないか、と私はひそかに想像している。残暑の盛りに、選りも選って関東平野の、茨城あたりを数日歩いて、これもなかなか風流だと痩我慢をしていた。九月に岩手の北上まで行って、山際に点々と残る、毘沙門天やら聖観音やら薬師如来やらを一人でたずねまわった。なるほど、これだけ厳めしい仏でなければ厄災に対する護りとならぬ道理だ、と得心させられるところもあった。

十二月の初めに大阪まで行く機会があり、ついでに奈良に寄って例の、三月堂の不空羂索観音と戒壇院の四天王と、法華寺の観音を拝んできたが、そのうちの一日、法隆寺まで足を伸ばしたその帰りのバスの中で、左腕の肘から手首にかけて妙な鈍痛を覚えはじめた。ちょうどいまにも氷雨でも来そうな、底冷えのする暮れ方で、痛みとしてさほどでもないのだが、とにかく厭らしい、情ないような疼きがわだかまり、折り曲げていると肘のあたりにたまっていくようなので、坐席から通路へだらりと垂らし、車の揺れにまかせて、むつかしげになりそうなのを出し抜き出し抜きしていた。これがいよいよ、神経痛というものか、と厄年男が歎息しながら、神経痛の何たるかも知らないのだから、まずはおめでたいぐらいに健康なほうではある。その疼きの影が旅行から日常へ持ち越された。左腕がぼってりとして重いのだ。しかも何というか、ふてくされたというか、どこか性悪《しょうわる》のけはいをふくんでいる。いまに痛み出してやるぞとか、いまに動かなくなってやるぞ、とつぶやかんばかりの。右腕がせっせと仕事に励んでいるその最中に。右腕ならもっともだが、お前のほうはこきつかった覚えもないのだがな、と呆れて眺めることもあった。

そうこうするうちに、生まれて初めて、鍼をうたれるという体験をした。鍼医のところへ飛びこんだわけではない。或る晩、小料理屋風の酒場で呑むうちに、さほど酒が進んだわけでもないのに、うつらと睡気が来たかと思ったら、全身がごわごわに凝ってしまった。この辺にマッサージはないか、と冗談半分にたずねると、ある、すぐ来てくれる、と店の女主人は答える。妙な運びで、仲間たちがカウンターで騒いでいるその奥の三畳でマッサージにかかるという妙なことになった。これはだいぶひどいですね、とマッサージ師はいう。いわれて私も多少、愚痴ったらしい。鍼をやらなくては駄目ですね、と相手はいう。そうだね、いつか鍼にかかってみるか、とこちらは半分眠って答えるうちに、鍼ならここに用意してありますよ、と声が聞えた。ああ、それはいいね、やってもらいますか、と私は答えてから、しまったと思った。恐いのだ。呑んでいる連中が鍼と聞いて面白がり、かわるがわるのぞきに来た。酒の肴にしているらしい。痛いか、などとたずねる。ちっとも痛くない、気持の良いもんだ、と私は答えて、それには嘘はなく、ほんとうに心地良いのだが、しかし身体がひとりでに、痛いときとまったく同じ反応をしているのにはまた呆れた。お客さんほんとうに初めてですね、とマッサージ師はなんだか嬉しそうにいった。ビビッと鍼に来るのでわかります、と。

そんなこともあり、理不尽にも左腕のほうにたまった疲れがいまに全身へどう出ることやら、とうすら寒い心地でいたが、一年ほどもして思い出したら、疼きはあとかたもなく消えていた。肩凝りさえ以前よりよほど楽になっていた。それもまたまた一段と年を取ったしるしだ、と友人はいった。或る晩、車から降りたときに財布を落して、中身の現金は恥かしいほど残りすくなくなっていたのでよかったが、あちこちの神社仏閣で受けた二十枚あまりの御札はそれで水に流された。拾った者はびっくりしたことだろう。

同じ五十三年の十二月にもう一度旅行をして、今度は車で——私は運転できないのだが——美濃から北近江、北近江から若狭、若狭から京都まで、はるばるとまわっている。これは車のPRのための紀行文の仕事で、そのひと月ほど前に見も知らぬ男から電話で依頼があり、年に四回車で旅をして一回に三枚ずつ十二回自由な紀行文を書く、車は会社が出してくれて自分が同行する、写真も自分が撮る、しかし自分はカメラマンでもなければ車の会社の者でもなければ紀行文を掲載する雑誌の者でもない、職分を話せば長くなる、といわれてこちらもまるで見当がつかなかったがどういうものか二つ返事で承諾して、受話器を置いてからはて見も知らぬ人間と年に四回も旅ができるものかと首をひねっていると、一週間ほどして本人がやってきて最初の旅行の日程をてきぱきと打ち合わせ、粟津則雄と吉増剛造のことがいつのまにか話題にのぼり、それにつれて例の職分の説明はあったがこちらはやはり、フリーの編集者だかデザイナーだかカメラマンだか、美術関係だか詩人関係だか、見当がつかぬままに、二度目の対面はすでに東京駅の「銀の鈴」下の待合わせ場所となり、現われたのを見ると顔色がさえなくて、昨夜は仕事で完全徹夜《カンテツ》でしたといって、新幹線が走り出すとすぐに眠りこみ、かっきり一時間眠ってもう元気な顔つきでカメラの調整を始めたその手つきを見て、これはやっぱり写真家か、と思った。

結局、こちらは初対面同然の男を引っ張って自身の父祖の地の、美濃は垂井《たるい》の旧居まで訪れ、自身でもほとんど記憶にない家に一緒にあがりこんで茶などを啜っている。あちらはあちらで初対面同然の、油断のならぬ作家のそばで、会うとたちまち眠りこむ。これはよほど相性なのかと思っていたらはたして、この年に四度の車旅につづいて、年に三度の二年間の旅の仕事を組んでやることになり、その間に、「文体」の私の担当号のデザインの世話にはなる。「椋鳥」とエッセイ集と「山躁賦《さんそうふ》」の装幀は頼む。あげくのはてにはこの作品集のデザインをすべてまかせることになった。菊地信義、それがこの男である。

この最初の車旅のとき、一夜目に近江の長浜に泊まって朝方に、硝子戸のすぐ外からひろがる琵琶湖の冬景色、遠く近くに群れる水鳥、夜のうちに雪をかぶって白くつづく岸と比良の山をうち眺めて、昨夜喰った鴨の味もさることながら、しきりに歎息するものが私の内にあった。北近江と若狭の仏像たちの前でも、同じ歎息がくりかえされた。それから翌年の三月の車旅で、京都から老の坂を越して丹波路をはるばる北へ天の橋立てまでたどり、その帰りに丹波路を南へくだり、丹波篠山の方角に向かって、大江山の肩を生野のほうへ越すとき、道の高さにつれてさまざまに姿を変える山を振り仰いでまた、なるほどとしきりにうなずくものが私の内にあった。それから同じ三月に、別の用件で九州に向かうその飛行機の中で芭蕉七部集の、連句のほうをじわじわと読み返していた。読むほどに、思出す心地がして、人恋しいようになるのが不思議だった。

小学生の終りかに、私は俳句をよんだ。教師に褒められていい気持になり、沢山つくった。結局、一日に何百首とかいう西鶴の例を引かれて、大人にからかわれて、それでやめてしまった。それから大学生の頃の夏休みに、谷川岳の裏手にある寮に泊まって、退屈まぎれに仲間の一人と寮の落書帖に、落首にもならぬようなのを、作法も知らぬ連句形式でつらねたことがある。相手は、あれは社会学者の見田宗介ではなかったかと思う。それきり、あの方面には縁がなかった。たしか二度ばかり、「冬の日」あたりに取っつこうとして撃退されたことはあるようだが。

五十三年の秋に、瀧井孝作全集が出た。その宣伝用のパンフレットに、私は編集者に依頼されて、「無限抱擁」が懐かしくて、弱輩が推薦文めいたものを書いた。それが縁で出版社から送ってくるようになった全集を一冊ずつ読むうちに、あれこれの作品に感銘をうけると同時に、俳句というものは色っぽいものだな、と思わされることがしばしばあった。それからまもなく、しかし発句のほうではなくて連句の、「冬の日」にまた取りついた。はじめはやはり振り落され気味だったのが、なるほど物書き生活十年の功徳か、やがてついていけるようになってきた。それでいきおい、夢中になった。翌年の春のおわり頃には「冬の日」と「猿蓑」の連句ぐらいは暗誦できるようになっていたから、記憶力の悪い私にしては、ずいぶんな御精進ぶりであった。

三度目の車旅は五十四年の初夏、まず美濃の奥の私の母の里に寄り、それから郡上八幡、九頭龍川をさかのぼって越前大野、山越えの新道から白山をのぞいて白川郷、庄川をさかのぼり山をまた越して砺波《となみ》平野、金沢から福井の東尋坊まで足を運んだ。かならず日本海まで出る、と同行者は苦笑していた。この同行者は車の宣伝を請け負っていながら、じつは車の運転ができない。ドライバーは会社が腕利きのプロをまわしてくれた。それで前に二人が坐り、後部に私ひとりが坐る。前の二人は運行に関して当事者であり、私は客分であり、また用無しの荷物でもある。助手席で眠るのは良くないことだが、後部で眠っていても運転にはいっこうにさしさわりない。落っことしても、前では気がつかないこともあるのではないか。おかげでしばしば無責任な一人旅の心地で、車外の景色の移りに眺めふけることができた。ときどき思い出したように車のことをたずね、知りもしない走行について感想を述べたりする。世の中で作家とはこんなものか、と思った。

九頭龍の谷の、朴《ほお》や栃や桐や、山の木の花が新緑の中でやや爛熟して、頽《くずお》れて舞う蝶の群れのごとくに見えた。日の傾きかける頃に峠あたりから見おろした大野平野の、五月の水田が美しかった。同じく暮れにかかる頃に東の山から見おろした砺波平野の水田のひろがりも、これはもう絶景であった。しかし水田を美しいと感じると、なにやらうしろめたさのかすめるのが、戦前に育ちの引っかかる人間のしるしである。これをそろそろ、何とかせねばならないな、とそんなことを思った。

五十四年の十月に、車旅の締めくくりとして、今度は気を転じて北海道まで飛んだ。釧路から車に乗りこんで、阿寒を越えて網走、オホーツク沿いに北上して稚内、天塩川をさかのぼって旭川まで、考えてみればまことに大味な旅をしたことになるが、途中しばしば目を瞠らされた。釧路郊外の岡の上から、氷雨に吹かれて、大湿原を見おろしていた。目もはるかな湿地のひろがりの中へ足もとから、灌木の藪ぐらいに見えて、あれでヤナギかハンノキの仲間か、樹林がじわじわと押し出している。また雨に降られて雄阿寒岳《おあかんだけ》の腹を巻いていくと、霧に煙るエゾマツの、老いて陰惨なような樹影の間から、イタヤカエデかミネカエデか、紅のものがぼうっとふくらんで、けたたましく焼け、たちまち霧の中へ呑みこまれる。また天塩川に付いて名寄《なよろ》に近い山道を越えるとき、山の根を曲がりこむたびに、時雨が降りかかったり、あがったり、いちいち晴雨を異にする。こいつは、新古今あたりの晩秋から初冬にかけての世界は今ではこの土地にこそ残っているのかもしれないぞ、とそう思ったものだ。

宗祇の時雨とか、芭蕉の猿蓑とか……猿は北海道にはいないそうだが。金沢暮しや山登りの体験で、新古今でうたわれている天候気象のあんばいは知らないでもないが、なにかもっとこう、荒涼として恍惚としてはるばるとしたもの、まさにこの感じ、天地人を一挙に覆うような天象の力、それが昔の気象風土を実際に支配していたか、すくなくとも歌人は、それを無理にも受け止めようとしたので、それでこそ歌がさびたのではないか、と。

サロベツ原野の端っこに降り立ったとき、だいぶ乾いて固まってきてはいるけれどそれでもいかにも水の上に浮いているような感触を足の下に頼りなく踏みしめて、昔はこの国のあらかたがこんな湿原に占められて、人は湿気にひしひしと責められて生存していたのではないか。見渡すかぎり一面に繁る浅茅のたぐいの、枯れかけた葉を長くなびかせて、はるばると寄せてくる風の匂いを顔面に受けながら、そう、この感じこの感じ、とひとりでつぶやいていた。

秋のあはれも身につかず

文章を綴るのは、私は苦手のほうだった。今でも根は変らないかと思う。ちょっとした事が表現できなくて難渋する。こういうことは、あたり前の言葉であらわせば、どうなる、と考え出すともう勘がおかしくなる。文集を出すときによく、手伝うことはいくらでも手伝うけれど書くのだけは勘弁してほしい、と逃げまわる人があるものだが、あの気持はよくわかる。もしも桃源郷みたいなところに私をのんびりと置いてくれれば、三年目にはもう、物を書いて暮してきたことへの、訝りしか残らないかもしれない。

そんなわけで、小説は仕方ないとして、エッセイの仕事は出来るだけ辞退してきた。エッセイといえば四百字詰めの原稿用紙で七枚ほどの注文が多いわけだが、その七枚が初めはとても長くて、前途は遼遠に見える。ところが、四枚目あたりまで這うようにして来て、さてようやく筆が動き出したかと思う頃、すでに枚数が尽きかけている。上手を取ったときには土俵を割っている。勝身の遅い文章だとわれながら思う。それにまた自分のことを、物を談じて人を面白がらせる持前《もちまえ》だとも思っていない。さらにまた、人が自身の体験なり試論なりを面白そうに話しているのを聞くと、面白い話はたしかに面白いのだが、聞くことは好きなのだが、やや疲れを覚える性質《たち》でもある。話才文才に豊かならば、エッセイによってなるべくひろく人に語りかけ、小説のほうはなるべく控えて自身の成熟を待つ、というのが作家の長丁場には望ましいのであろうが、不器用者がかえって逆を行ったことになる。それでいて自分の小説をひろい意味でエッセイ（試行）だと思っていて、小説とエッセイとの区別をときに煩わしいと思う心があるのだから、矛盾も大きい。

それでも昭和五十五年に、この生業に入って十年目にして、三冊のエッセイ集を出してもらえることになった。大学時代の小論文もふくめてだが千枚ほどになっていた。正確に言えば二十年分である。私自身はここ十年の雑文を掻き集めれば、まあ三百枚は超えるだろう、と見ていた。意外なことだった。ろくに切り抜きも保存していなかった。そんなずぼらさを人に始末してもらった。あの当時、春の末から初夏にかけて、私は三年越しの長篇と一連の短篇と「文体」の編集とにいちおうの片がついたので燥いだり、身に過ぎた（と人も言っていたが）賞を頂戴したり、旅行が続いて甲賀伊賀のあたりをうろついたり、腰に土産物屋の五鈷鈴をさげて大峯山に登ったり、おまけに同じ棟の内だが十二年振りの引越しが重なったり、もちろん年例の、ダービーなどもあって、いろいろと振りまわされていた。そこへ、いったん出はじめると短い間隔で、エッセイ集の校正刷が出てくる。手入れは四、五日で済ませてほしいという。そこで、かなり混乱しかけた生活の間を押分けて、引越しが近く雑然とあたりに積まれた荷物の間に坐りこんで、校正刷に向かったわけだが、なんだか、途方に暮れた。

行き暮れたような気がしたものだ。小説ならば、原稿で読み返し、雑誌の校正刷で検閲し、単行本にするときにまた手を入れ、場合によっては文庫にするときにまだ未練にいじくる。それでも手前の文章の、自家中毒ぎみの悪症はなかなか、どうにもならないとはいうものの、いちおうの往生はできる。ところが雑文のほうは、手を着ける前から中途半端に気にかかってうっとうしく、書いて人手に渡るとやれ済んだとよろこび、文芸誌を除いてはたいてい校正刷で手入れはしないもので、また世に出たのを自分であまりつくづくとも読まないので、やがて文面も忘れてしまう。それが十何年分まとまっていきなりここに、なにやら小説よりもかえってなまなましく、その時その時の素顔《つら》を保存して、臭うがごとく、書き手に始末を求めるがごとく、目の前にずらりと並んだ。本人には忘れられていたが世間の目にはおのずと、おそらく小説よりもひろく、曝らされていた、世に恥をかいていた、という怖さである。いまになって自分でも許せない箇所があちこちに見える。文章の調子もどうかして気に入らない。しかしいまさら、敵は十何年かの年月の積重ね、汝をいかんせん、である。

二巻目の校正刷の時だったか、引越しはもう明後日と迫り、ちょうどそれまで三月ばかり、まだ売るわけにいかない旧居とまだ手入れ工事中だった新居と、生涯にたった一度かぎり、二軒の家の主《あるじ》だったので、もう荷物でごったがえして寝るだけの場所になった七階の旧居から、劣らず荒涼とした二階の新居へ深夜に降りて行き、おふくろもこういう端境《はざかい》で死んだのか、とそんなことを思出しながら、まだ人に馴染まぬ床《ゆか》にぺたりと坐りこんで、スタンドを低く照らし、背後の壁に厭な影を投げて、校正刷を抱えこんでいると、普段、出来もしないことは考えないほうなのだが、ここからひょいと蒸発してみたいような、誘惑をちょっと覚えたものだ。過去に書き散らした手前の文章の始末がつかなくて夜逃げするかたちになる。それではこの校正刷をどうするかというと、やはり抱えこんで逃げるだろうから、どうも落語みたいな話であった。

翌日はダービーに出かけた。馬券はまずまず当てて、深酒をして深夜に、コンクリートの住まいも長年の家具をどけると荒家の雰囲気が漂うもので、ダンボール箱の間に陥没して眠り、あくる朝は九時に起きて、新宿の不動産屋まで行って旧居の売却の手続きを済ませ、もう一生持てぬ大金を百米ばかり、心配した店の人に付添われ、近くの銀行まで運んで他人の口座へ振込み、昼飯を喰って、一家の主人が帰って来ると、引越しはもうすっかり済んでいて、向こうからぼけっとした顔で歩いて来るのがおかしかった、と子供たちは笑った。

あの頃、この作品集の計画はすでにあったのだろうか。その前に、その五十五年の初めに私が「文体」十一号の編集担当になり、表紙をはじめとして雑誌全体のデザインのことに困りはてて菊地信義氏に相談を持ちかけたら、菊地氏はそれを一手に引き受けてくれた。それで彼と一緒に、ある日、銀座のさる画廊を訪れて、そこに保管されていた李禹煥氏の作品を何点も見てきた。あれだけ繊細で豊饒な感性知性もいまどきあるものか、と外へ出て来てもまだ歎息していた。それからまもなく銀座の喫茶店で初めて李氏にお目にかかったが、あれは「文体」の表紙に作品を頂くためだった。五月六月にも作品集の計画はまだ影もなかったのだと思う。

引越しのあとしばらくして、髪の毛がなんだか、ちりちりになってきた。子供の頃には天然パーマと呼ばれるほどだったが、青年から中年へ進むにつれて縮れも取れてきて、整髪料もいらなければ櫛のたぐいもあまり使わず、床屋も二カ月に一度弱で足り、ぼうぼうに伸びたのを片手でさっさと撫ぜつければそれでたいてい済む、まことに《質素》な頭であるのだが、四十を越えればさすがに細いなりにいくらか硬くなる。その細くてやや硬い髪が、蓬《よもぎ》の賑わいのごとく、縮れはじめたのだ。こうなると中高年として当然疑うのは、いよいよ剃髪入道の秋《とき》が来たか、ということであるが、もうひとつ、世間でよく言われるところの、生涯最後のつもりの引越しをするとその後でその家の主人がしばしば、病気になったり事故を起したり、死んだりするという、あれである。すべて過労と虚脱のせいだという。言われてみれば、ほかにもいくつか、兆候めいたものはあった。ちょうど梅雨に入った頃で寝苦しく、寝入りばなや寝覚めぎわにふと、ずいぶん年寄り臭い寝相をしていることに気がつくことがある。細く顫《ふる》える喉声でも漏らしていたのではないか、と疑われた。朝起きて鏡の内をのぞくと、どうかして口の隅から顎にかけて、妙なところに妙な皺、というよりも、皺を深く刻んでいた跡が薄赤くついている。その跡に順《したが》って顔をつくると、物凄い形相となった。

何のことはない。夏の盛りには髪の毛もまたすんなりとして、目まい耳鳴りひとつせず、肩などはかえって前より凝らなくなり、かわりに新しく始まった連載の「槿《あさがお》」に、この前終ったばかりなのにと、汗を拭いながらぼやいていた。

十月には菊地信義氏と高野山に登っている。高野山からさらに紀ノ川沿いに下って根来《ねごろ》、新和歌浦、それから船に乗って四国へ渡り、今度は吉野川沿いを徳島本線でさかのぼり、池田町で乗換えて峠を越して讃岐に入り、善通寺から車を拾って、死者たちの集まるという彌谷寺《いやだにじ》を訪れた。あとは多度津から高松に出て、その夜は高松の街で飲んで、翌朝は屋島に登り、フェリーで岡山のほうへ向かったわけだが、船が岸から遠ざかるにつれて四国の島がまた山がちになり、小さくつぼまるほどに幾重にも畳んだ襞をあらわし、大瀧・龍王らしい峰も見えて、西のほうには水平線の輝きにほとんど融けて、昨日見覚えた彌谷山の稜線が淡く刷《は》かれて見える。ここまで来て、旅全体に酔ったような喜悦に引きこまれたものだ。

年末も押し迫ってから、メモを見ると、この作品集の編集担当者の飯田貴司氏とどこかで会っている。後書きの件を話し合ったように思う。とすると初めてこの話が出たのはもっと前のことで、たしか行きつけの酒場のカウンターに並んで腰掛けていた。場所ははっきり浮ぶのだが、それがいつのことやら、かまえて会ったのか、たまたま出会ったのか、まるで覚えがない。

明けて五十六年の一月十五日に、吉増剛造、菊地信義の両氏と新宿で待ち合わせて石神井の、粟津則雄氏宅にうかがった。連句というものを、教えてもらう、ということだった。いくらか心配ではあったがそこは気楽な初心者どもが、酒をはじめとしてお土産物は存分に提げて行ったが、肝腎の、発句は誰も用意して来なかった。こういうものは、先生がおよみになる、と三人ともそう思っていたのだ。ところが――さて、諸兄、発句を持って来たか、いや、発句は客のよむものだ、脇句は主人で……さて、始めるか、と粟津宗匠が嬉しそうな顔で三人を見まわす。通例、客の中の年長者がよむことに、まあ、なっているな、との言葉に、今度は吉増・菊地両氏の、いきいきとなった目が私のほうへさっと注がれた。幾歳も、違いやしないのだ。後日、「千切木《ちぎりき》」という狂言を見て、こちらは連歌だが、主人と客との同じようなやりとりに、思わず噴き出してしまった。いい歳をした初心者どもが打ち揃って師匠の家を訪れたのが、また「成人の日」であった。

二月にはまた菊地氏と例の仕事で、京都の郊外を歩きまわった。一日目は暮れ方から、山科、六地蔵、伏見、伏見稲荷の社前まで来ると大根を輪切りにしたみたいな月がぽかりと杜の上にかかり、あまり寒いので取りあえず鶏で酒を飲んだ。二日目は鞍馬山に登って、ふた駅だけ電車で引き返してあとは歩きづめ、なんだか古い塚か堤のようなもののそばをしきりに通り、小町の墓というのをたずね、神山《かみやま》の下を過ぎてまもなく、広いゴルフ場に迷いこみ、出口が知れなくなるほどに山の上に望《もち》の月が青く冴えて、とうとう仕方なしに鉄条網を通り越えたら、まもなく上賀茂神社の裏に出た。

三日目には妙心寺の、拝観お断わりのさる塔中の戸を叩いて、出てきた美人の若奥さんに曲げて頼みこんで、おびただしい朝顔の襖絵を見せてもらい、二人して舌を巻きながら嵯峨のほうへ向かった。四日目にはまたしつこく前日の朝顔のところへ押しかけて、それから大原野、西の山、花の寺、物集女《もづめ》、水無瀬《みなせ》、山崎、美豆《みつ》、石清水――由緒あるとは言いながら今ではすでに新興住宅地となっているところばかりを、物珍しげな目をして歩きまわっていた。

四月に連載中の「槿」が第七回目で停まった。掲載誌の「作品」が経済上の理由から休刊となったためである。大方は赤字の文芸誌に拠って暮す身としては、肌寒い思いがした。《純文学》という存在がいよいよ追いつめられていく、徴候がほかにもあれこれ見られた。むしろ悪いことではない、と痩我慢にもうそぶくことにしているが。

六月には例の、菊地氏と比叡山に登った。郭公、杜鵑、時鳥――ホトトギスを聞きに行くという、柄にもない風流だった。ちょうど梅雨に入る頃で、雨の山の中、鳥は鳥の都合で鳴いているわけで、なにも出し惜しみする必要もない。ほどほどの賑わいで迎えてくれた。山のホトトギスについてはこれで、御先祖たちの心と耳を存分に味わった。次は里のホトトギスを聞きたいものだ、とまた酔狂な欲を出して叡山を降り、琵琶湖の岸を湖西線で北上して、高島の先、安曇《あど》川から西へ朽木村に入り、翌日は若狭の小浜まで足を伸ばし、また翌日朽木まで引き返し、そのまま車で谷をまっすぐ南へ、途中越という峠の手前まで来て雨の比良の山々を振り返ったが、この間二泊と二日半、耳を澄ましに澄ましたが、ひと声の鳴き声も聞かなかった。やがて幻聴めいたものが内に付いて、耳を澄ましさえすれば、どこからでも、街の中でも聞えてくるような気がしたものだ。通り魔の類いの惨事の相続いた時期でもあった。

七月のなかばの或る夜、外で呑んだくれているうちに、八十歳にかかった老父が軽い脳血栓に罹り、翌朝入院して、寝たきりになった。それから盛夏にかかり、ならして週に一度ずつ、病院通いをすることになった。十一時前に起きてすぐに家を出る。バスで五分、それから早足で三十分、病院では男手のすることもないので、かならず病人の髭を剃ることにして、終るとまた早足で同じ道を家まで引き返し、汗まみれの身にシャワーを浴びて飯を喰って、一時半までには机に向かう。帰り道などに、まださっさと歩けるのが、つくづく不思議のように感じられることがあった。髭などは病人のほうがはるかに旺盛なのだ。

十月の末にまた例の、今度は生駒、信貴《しぎ》、龍田川、葛城、金剛、観心寺、賀名生《あのう》と、乗物を使えるところは使ったが峯から峯へ、えせ山伏が歩いた。最後は吉野の、聖天さんを祀る坊に世話になり、翌日、西行庵を仕舞いとして夕暮れ近く、金峯《きんぷ》神社のほうから長い坂道をだらだらと、四日の旅に疲れた脚に惰性ではずみをつけ、蔦やら桜の葉やらの焼けてもう枯れかけた谷を眺め、そのはるか彼方、雨ふくみの夕靄の中へ融けかかる葛城金剛の稜線を見晴らし、おのづから秋のあはれを身につけてかへる小坂の夕暮のうた、などという歌を思出しながら、いい具合に年の寄った心地で降りてきて、やがて蔵王堂の山門も過ぎ、ふと思いついて門前の店に寄って、例の吉野葛を土産にもとめると、店の小母さんがついでに裏でもいだという柿を呉れたり、いろいろ親切にしてくれたり――よく聞けば、厄年に近いのと厄年をもう過ぎたのと、大の中年男が二人とも、学生と間違われていた。四カ月ごとに二年続いた旅の、両者ともに、おかげで大燥ぎの打上げであった。翌日は京都博物館の休憩室で、二日酔いのひどい顔を並べていた。

その十月にはすでにこの作品集の、後記の仕事が始まっていた。また、休刊になっていた「作品」の編集長とスタッフが別の会社に移り、「作品」の継続の、新雑誌「海燕」を新年号から興すことになったので、私としても編集長の二枚腰に舌を巻いている閑もなく、「槿」を半年ぶりで再開しなくてはならなかった。年末には「帰る小坂の」を書き了えて旅の始末をとにかくつけ、「山躁賦」という題でまとめた。「赤壁賦」などに、ちっとはあやかりたいものだ、という気持もはたらいていたかもしれない。

五十七年の年頭に予定されていた作品集の刊行が四月に延期され、三月に入っていよいよ発車間際になって、さらに秋へ延ばされた。春先のまだ寒い頃に、病院を探して歩くことがあった。医者に何度か相談し、人にも頼みこんで、ベッドの空きを待って、五月にようやく病人を転院させたが、救われようのない仕事だった。その病院のことで歩いているときに、街の眺めが妙に目につくことがあった。貸間借家探しの気持と、どこか荒涼さの通じるところがある。まもなく、「私の《東京物語》考」と称する、エッセイの連載をある雑誌で始めることになった。初回に徳田秋聲の「足迹」について書いて、六月に入り、もう一度秋聲のことを書きたくて、「黴」や「新世帯」の地、小石川表町まで足を運んだ。伝通院の周辺、とくに北側の崖下を歩きまわり、なにやら粘りつく印象を受けて帰ってきた。その後も、そのあたりの地勢がしきりに気にかかり、六月の末になって、夕暮れ頃にまたやって来たものだ。地勢は暮れ方のほうがよく見える。

その二度の伝通院行きの間に、その春に大きな賞を取った競走馬がいて、その生産牧場の探訪を依頼されて北海道まで出かけた。苫小牧から日高の長い海岸沿いを汽車で四時間ばかり揺られて、もう襟裳のほうに近い浦河の町まで行き、そこからさらに数キロ、山のほうへ入った、杵臼《きねうす》という土地で、そこの牧場に二日目の午前中に着くと主人《あるじ》は山仕事に出かけていて、その帰りを待ちながら夫人からいろいろと話を聞かせてもらううちに、客間の電話が鳴って同行の編集者が呼ばれた。電話口で言葉すくなに受け答えてやがて座にもどって来た編集者が私に耳打ちして、老父の死を告げた。今日の未明のことだという。

夫人がちょうど席をはずしたので、私は編集者に目配せして唇に指を立て、電話を借りて、とりあえず知らせは受けた旨を自宅に連絡し、とにかく祝い事の取材なので、黙って仕事をつづけることにした。それから夫人に案内されて牧場を見てまわり、遠くに黒く耀く海が見えて川向こうの山林からはしきりに郭公《かっこう》鳥の呼ぶ放牧場で、跳ねまわる仔馬をあれは誰の子、これは誰の子と説明を聞きながら眺め、やがて帰って来た主人から長い苦労談をうかがい、それからもうひとつの牧場に寄って優勝馬の父馬にも会って、ぎりぎり済ますべきことを済まし、こうなるといかにも広い北海道の土地を車で飛ばして、千歳空港の最終便にやっと間に合った。

東京の山の手人というのはじつに、住まうに墓場の近くを忌まなかった、いや、墓場の近くから旺盛に住みついて行ったようなものではないのか、とそんなことを、梅雨の晴れ間の暮れ方に、伝通院の崖上やら崖下に立ちながら考えた。老父の葬式のおこなわれた寺も、芝の魚籃《ぎょらん》坂下あたりだが、境内の墓地はすぐ間近からマンションの窓々に見おろされていた。そのあたりから高輪台《たかなわ》白金台にかけての界隈が私の少年期の《縄張り》であるが、記憶をたどると、なるほど寺と墓だらけであった。霊柩車は清正公前、二本榎、高輪台を抜けて、長い坂道を五反田までくだり、国電のガードをくぐって、まっすぐ中原街道へ入るかと思ったら、いきなり右へ折れて細い建てこんだ裏道を昔の三業地、花街のほうへ入って行った。土曜日の午後なので表通りの渋滞を避けたのか。客商売水商売の人たちはかならずしもこれを忌み嫌いはしないとも聞いたが、それにしても皆が皆、この道を通って行くとは、と後に続く車の中でさすがに呆気に取られていた。参列してくれた私の知人たちはその頃、寺の近くの蕎麦屋にあがりこんで、喪家の三男坊の話を肴に、御精進の酒を傾けていたらしい。

夏も過ぎて九月の二十日に、河出書房の飯田氏から午後に電話があり、一巻目の見本が夕刻に出来てくる旨を知らせてくれた。さっそくその夜、菊地氏と三人、三者それぞれ宵まで用が詰まっていたので、深夜の十一時に、銀座は歌舞伎座裏の魚屋の二階にある、菊地氏の仕事場に集まった。その朝方に三人して築地の魚河岸の賑わいの中を、場外から場内にかけてふらりふらりと歩いていた。夜はすっかり明けて、買出しの人々も引きあげて行くところで、彼岸に近くて風は涼しいはずなのに、酔いが時間をかけてたっぷり全身に染みこんだせいか、額やら首やらがしきりと真夏めいて火照った。これで家に帰ればわずかに眠ってすぐまた仕事に追われるはずの三人の中年男が、しばし二十代の青年みたいに気ままらしく、あたりの時ならぬ賑わいを、こちらこそ時ならぬ場違い者のくせして、つくづくと物珍しく眺めて歩きまわり、場内の店で朝の鮨をつまみ、場外で呼びこまれて小海老をひと袋ずつ仕入れ、生臭を提げた堂々たる朝帰り連が、大通りまで出て別れた。目を覚まして、はて、これは何の土産《みやげ》だ。

もう半分だけ

今からもう四年も前になるか、河出書房新社から私の作品集をまとめたいという意向を頂いた時、身に余る仕合わせと有難くお受けしたが、同時に頭の隅でちらりと、これは生前の葬式みたいなものになるか、と思ったものだ。やがて事が運んで、二〇一二年の三月の末日に「自撰作品」と題してその第一巻が発行された時にも、生きているうちから「全集」が出るというのもいまどきめずらしいね、と祝ってくれた同年配の知人の、全集でもないのに、「全集」というところにちょっと力の入った口調から、やはり似たようなことを考えているなと感じた。それ以来、せいぜい身体に気をつけるようにしているうちに、同じ年の十月の末日にめでたく全巻完結を見た時には、はたしてと言うべきか入院中、手術後の養生の身になっていた。打ち上げにも駆けつけられないのが残念ではあったが、しかし老体、ここはしゃがないのがいいのだろう、と考えなおした。その後、しぶとくも回復して、いまはまず健康である。

この本の前半におさめられた「半自叙伝」は、「自撰作品」の巻ごとに本にはさみこまれた月報に載せられたものである。第一巻の発行よりも一年ばかり前にすべて書きおろした。最終章の記述が、二〇一一年の三月十一日の、大震災の午後のことで結ばれている。あの震災の直前から私は身体に不調を覚えるようになり、震災後には、自然の威力に圧倒されてか、いっときめっきりふけこんだ。それから一年半あまりのうちに、「自撰作品」の刊行と完結を見ることになり、これはめでたいほうのことだが、病気にも捕まった。

戦争中と敗戦直後までは病みがちの子だったが、それ以降はよほど丈夫できた、と自分では思っている。ところがときおり、大病をわずらう。しかもそれが世の中の変動やら異変やらと、とかく時期を前後するようなのだ。

昭和二十年代の末近くに、腹膜炎を罹《わずら》って、もうすこしで十五歳の命を閉じるところまで行った。まもなく朝鮮半島の戦争が一応の終息を見て、そして結核の特効薬の話も聞こえる頃にあたる。どちらもこの国の人心をどれだけ安堵させたことか。一変させたと言ってもよいほどのものではなかったか。

それから四十年近く経ってもう平成に入り、湾岸戦争の最中に、頸椎の故障から四肢に麻痺を来たし、厄介な手術を受けることになった。折りから世界では東西の壁が崩れつつあり、我が国では足掛け五年も続いていた過剰景気がようやく傾きかかり、やがてその泡がはじける頃にあたる。

また七年もして、金融不安とやらで世の中がいよいよ行き詰った頃に、眼の網膜に孔《あな》があいて入退院を繰り返すことになり、その難儀もやっと済んだと思ったら、アメリカで同時テロが起こり、また戦争となった。そして今度は大震災の、まるで後遺症である。偶然のことなのだろうが、露骨な符合のように感じられて、病みながら笑ってしまうこともあった。私も戦後の復興とともに育ってきた、戦後っ子ではあるのだ。

それにしても、「半自叙伝」とはおかしな表題である。すでに七十歳を超えていたのだから、「五分の四自叙伝」とすればよさそうなもの、そんな名称はないのだろう。年齢はともあれ、自叙伝のようなものを物する境地にはまだ至っていないという意になるか。これからも自叙伝を試ることはないと思われる。そこで、どんなところに育った人間なのであんな文章を書くのかと訝っておられる読者もあることであろうから、この機会にもうすこしばかり略歴を補っておくことにする。

なるべく具体的な事に限るとして、昭和十二年、関東大震災の十三年後に生まれた。所は東京の現在の品川区、池上線と大井町線の交差するあたり、震災後に開発された沿線住宅地である。生まれたその家もその土地も昭和二十年五月二十四日未明の大空襲に焼き払われた。その後、都下の八王子市の仮住まいを経て、岐阜県大垣市の父親の実家へ逃がれたが、そこもほどなく焼け出され、母親の実家の、岐阜県武儀郡美濃町（現美濃市）まで落ちのび、そこで終戦を迎えた。

その年の十月に都下の八王子にもどり、つぎに越したのが港区の芝白金台、つぎが品川区の御殿山。またつぎが大田区の雪ヶ谷に移った時にはすでに大学生になっていた。この程度の頻度の引っ越しは当時、普通だった。

初めに赴任したのが石川県の金沢市、そこで三年暮らして、世帯持ちとなり東京へもどって住んだのが、当時の北多摩郡上保谷。上の子の満一歳を迎える頃に越したのが世田谷区上用賀、そこで早《はや》、現在に至るである。以来四十五年あまり、途中で同じ棟を七階から二階に降りてきたが、ひとっ所に居ついている。前半のめまぐるしさにひきかえて、後半はじつに単調なものだ。

生まれた家も土地も目の前で焼き払われた。戦後にあちこち移り住んだ所も高度経済成長の時期に大幅に改造され、区劃も改まって、ここだったと昔の在りかを指差すこともむずかしい。そういう自身が昔の田園をつぶして建てたマンションとやらにいつか住みついている。このために樹木もだいぶ切り倒されたことだろう。そのかわりに植えた若木が今では盛んに繁って、雨の夜にはその影が鬱蒼としたほどになり、林の中に住んでいるような錯覚へ誘われることもある。しかし長年住まっていても、土地に居るような気持にはあまりならない。

　土地の縁を絶たれた人間ではある。ところが、根差しはいずれ浅いはずなのに、物を思う時にどうかすると、その背景に一個の記憶よりも以前のような、居所や土地の影が浮かびかかる。この作家の書くものは前面とその背景らしいものとの間に、時代錯誤とまでは言わないが、時間の錯綜があるのではないか、と首をかしげる読者もあるかと思われる。


　それでは、血縁のほうはどうか。自身の三十三の歳に母親を、四十四の歳に父親を亡くしている。母親は六十二。父親は八十のすぐ手前だった。そのことを自分も還暦を過ぎた頃にどこかで話すと、聞いていた知人がつい口を滑らせて、早くに片づいたんだね、とつぶやいたものだ。老いた親の世話に日夜悩まされているという。血縁の呪縛は老いの境に入るほど重くなるもののようだ。

　両親ばかりでなく、姉を自身の四十九の時に、兄を自身の五十四の時に亡くしている。二人ともまだ還暦にも至っていなかった。さらに兄の没後、中一年を置いて、母の里の若き当主の従弟が五十で亡くなり、近親の間で死者の影が俄に優勢になった。そういう自分もその二年ほど前に、手術後およそ半月、仰向けに寝たきりを強いられたばかりなので、三途の川の三里手前までさまよい出て来た身のような気もした。

両親どちらの筋からしても長命の家系だと、母親を六十二で亡くすまでは思いこんでいた。母親の里の美濃市は長良川をだいぶ遡って、刀鍛冶の関の先、郡上八幡の手前になる。古くから美濃紙の産地だった。その母親の里で子供の頃に、揖斐《いび》という地名を大人たちがよく口にしていた。親戚のことを話していたらしい。揖斐は長良川よりも西を流れる揖斐川の上流の、やはり古い土地である。さては、古くからの通婚圏であったか、と姉も兄も従弟も亡くした後から考えた。とすれば、血の煮詰まりも、いささかあるだろう、と。しかし父親の里の大垣は同じ岐阜県の内でもだいぶ美濃から隔たっている、と思っていたところが、もう老年に入ってから、たまたま地図を眺めるうちに、大垣こそ揖斐によほど近いのに気がついて、揖斐と大垣と美濃とを三角に結びながら、これはと思った。いまさらのことだった。終《つい》の病は、ここまで来れば、身から出た錆と考えるよりほかかない。

父方の古井家は不破《ふわ》の垂井《たるい》の宿を本貫《ほんがん》の地として――私も本籍は不破郡垂井町にあった――後に戸田藩の城下の大垣に移り、蔵米を扱ったとか聞く。祖父の由之《よしゆき》は私の生まれるすこし前に亡くなっているが、明治に地元の銀行の役員に加わり、衆議院議員を経て、日露戦争後のことと思われるが、地方銀行の整理統合のため四国から九州を渡り歩いたという。その話を近年の金融不安の頃に思い出して、今も変わらぬオーヴァーバンクか、と妙な気持になったものだ。禿頭豊満、精力旺盛の人であったらしい。

　母方の村井家は、郡上へ抜ける道すじでもあったようで初めは旅籠であったそうで、後に造り酒屋になってから十何代にもなるという。法事の時に墓所を訪ねると、もっとも古い墓碑が貞享年間と読めた。祖父のことは私もよく覚えている。品よく痩せて、いかにも家父長然としていた。しかし、村井家に婿養子に入った人だったとは、後年まで知らなかった。郡上八幡の青山藩の藩士、松阪家の出である。その先祖はおそらく親の代まで江戸詰めだったのが、幕末に国もとへ引き揚げたようで、祖父は明治生まれなので江戸暮らしを知らない。その祖父の青年時代の日記の一部を読むと、東京遊学の望みが叶えがたく、悶々とした情が漢文調の文章から伝わってきた。私の書くものなどよりも、よほど詩文であった。郡上八幡あたりが洪水の難に遭った後に、親の説得に折れて、美濃の酒造家に婿となったらしい。坐敷で端然と三味線を弾く晩年の姿が写真に残っている。

　東京の青山のさる寺に江戸時代の松阪家の墓が遺っていると聞いたが、いまだに訪れていない。寺の名も忘れた。関ヶ原の近くにある古井家の墓にも、たしか学生の頃に、父親と参ったきりになっている。

　先祖のことをすこしは訪ねてみたらどうか、という声を内に聞くこともあるが、二階の屋根に焼夷弾の飛沫の、鬼火のようなものをゆらめかせて炎上寸前の家の影が目の前に立ちはだかって、さまたげになる。


　後半におさめられた「創作ノート」は、一九八二（昭和五七）年九月から翌年三月にかけて河出書房新社から刊行された「古井由吉　作品」全七巻の、それぞれの巻末に書かれたものである。李禹煥の原画による菊地信義の装幀に成る。中味はともあれ、装幀は絶品だと著者は思っている。

　今からもう三十年あまりも昔、私の四十五から六へかけての歳の刊行になる。当時も、これを祝ってくれるかたわら、この若さで作品集とはと先行きを危惧する声があった。はたして、禍福ハ糾《アザナ》ヘル縄ノ如シ、であった。その間に、父親を亡くしている。しかしまた、作品集の発刊の前に「山躁賦」を了えて、完結とほぼ同時に「槿」も仕舞えた。二作同時進行の間もあった。

　今から思えばいかにも元気な、「男盛り」であった。男盛りというのはまだまだ青いということでもあるが、しかしまた老病死の翳のようやく差してくる頃にもなる。

このたびこれを機会に読み返して、あんなに突っ走ってよくもここまで息がもったものだと自分で呆れるそのまた一方で、どうも躁《さわ》がしくて年寄りにはついて行けないと困惑をさせられた。しかし老年が若年の文章を直すのは、あまり公正なことではない。ただ、若さの逸《はや》りすぎか、読者に甘えたか、文意の通りにくいところがあり、そこは塵《ちり》を浚《さら》って、流れよくしておいた。

それにしても、同じ事柄でも中年からと老年からとでは、その記憶が違ってくるものだ。多くの場合、年月を経たほうの記憶を間違いとしなくてはならない。しかし、それでは後の記憶を取りさげるべきかと言うと、そうとも限らない。そちらのほうが、輪郭はぼやけても、生涯にわたる意味合いをふくむことがある、記憶は年を取るにつれて末端から枯れて行くが、根もとのあたりからふくらみ返しても来る。それ自体が生き物であり、あるいは記憶の主《ぬし》よりも、その認識よりも、生長力があるのかもしれない。記憶の根は実際の体験に留まるのか、それを突き抜けて深く降りるのか、判じ難い。

矛盾はなまじ整合させずに、あらわな間違いでないかぎり、そのままにしておいた。もともと私は、生まれた家が焼かれるのを目にした後遺症が順々に及んだせいか、記憶力が弱いほうらしい。それにしては過去の、深刻であった場面の、まだ日常の表情を保った光景がいたずらになまなましく浮かぶのに苦しめられるが、起こった事の前後が混乱しやすい。記憶にあるかぎりの細かい事どもをつなぎとして、ようやく前後を通しても、しばらくして思い出してみれば、またあやしくなっている。しかも、見たはずもない場所がその間にぽっかりと浮んでいたりする。

見た事と見なかったはずの事との境が私にあってはとかく揺らぐ。あるいは、その境が揺らぐ時、何かを思い出しかけているような気分になる。そんな癖《へき》を抱えこんだ人間がよりもよって小説、つまり過去を記述することを職とするというのも、何かとむずかしいことだ。それでは文章が、どう推敲を重ねたところで、定まらないではないか。しかしまたそんな癖の故に、この道へつい迷い込んで、やがて引き返せなくなったとも思われる。吃音の口にも似て詰屈したこの手がたどたどしく、切れ切れに繰り出す、その言葉のほうが書いている本人よりも過去を知っていて、生涯を見通しているような、そんな感触に引かれ引かれ、ここまでやって来て、まだ埒があかないというところか。

初老と呼ばれる年齢に入った頃に、こんなことを思った。自分は空襲下から終戦直後の幼年期にひとたび老いて、古い書に見るような、敗北の塵芥を頭《かしら》にかぶり、瓦礫の中にうずくまる年寄りのようなところのあったのが、それから世の平穏と繁栄とやらのすすむにつれて、青年期から逆に幼いようになり、今に至り、老病の声を聞いて、渋々ながら年を取り直しているのではないか、と。さらに老年に入っては何かの折りに、少年の、青年の、中年の自分の影が背後から近寄り、速い足取りで追い抜いて行くかと思うと、老いの背中から内へ入りこんで、しばらくひとつになって歩むような、妙な温みを感じて後であやしむことがあるようになった。

老いて体力も気力もめっきり落ちて、おそらく感覚もだいぶ鈍くなっただろうそのかわりに、自分の歳月を、そして現在を、とかくあやしむ。とりわけ震災後に、それが繋くなったように思われる。

解説　唱和せよ、誰でもない者たちの歌を――古井由吉の「半ば」

佐々木中

一

もしあなたが古井由吉の小説を読んだことがないなら、あなたは大変な瞬間に立ち合っているのかもしれない。あなたが手にしているこの本を書いた作家は、現存する日本語圏最大最高の作家だからだ。

そして、おおいにありうることだが、この文庫本を手に取ったあなたが十五歳からの私のように古井由吉の著作の熱烈な愛好者ならば、以下は読まなくてもよろしい。読み通しても嗚呼ご同輩という溜息が出るだけであり、時間の無駄であって、それよりいつもの通り古井氏の文章に戻っていけばよい。

われわれは「小説」、とくに「長編小説」というものが「文学」あるいは「文藝」の中心にあると思って疑わない。しかしこのような「近代文学の体制」はたかだか一九世紀、ロマン主義の隆盛によって成立したものにすぎない。より狭くはドイツ・ロマン主義のそれによって。この列島においても、第一文藝としてながく文学の中心にあったのは和歌、連歌、俳諧、そして能楽であって、要するに歌と踊りである。音楽である。現にこれらは陽気な酒宴と切り離せなかった。

むろん、このような教科書的な知見を読者たるあなたが知らないとすれば、それはあなたの責任ではない。文学史的常識に欠いた著作家たちの責任である。そして当然だが、古井由吉はこの責任を免れている数少ない作家の一人だ。ドイツ・ロマン主義に通暁する古井氏は若い日々から俳諧連歌へ言及し、実作も試みている。またみずからの試行をつねに「歌」そして「舞い」になぞらえていることは周知の通りである。

（括弧《パランテーズ》。ダンスと歌を儀礼となす豊穣さを「文書」というモノトーンの支配に縮減し、それによって効率的な「統治」を成立させたのが「近代キリスト教規範空間」とも言うべき何かだ――という、「ドグマ人類学者」ピエール・ルジャンドルの知見に接続すれば、ここから膨大な結論を長くながく引き出しうるが、ここでは場違いの誹りを免れまい）。

証左となる発言や文言は枚挙に暇がないから引用は差し控えるが、彼は「小説中心の体制」が「近代」あるいは「ロマン主義」が強制した文学の体制の一変種にすぎないことを意識している。束の間の体制であり、やがて消え果てるだろうことを理解している。だからといって、この体制が今日明日崩壊するものではなく、その内部において書き続けねばならぬということをも。そこにおいて、書くことの理由も手段も対象も枯れ果ててゆくばかりであろうことすら。

ゆえに――紙幅の制限ゆえの飛躍をお許し願いたい――、古井由吉は現存する日本語圏最大最高の作家である。これはつめたい、乾いた事実であって、これを確認できれば前提としては足りる。「現存する」、「日本語圏」という文字列も多くの作品で削除可能であると、筆者は信ずる。

二

この『半自叙伝』は、そのままでもきわめて印象深い、偉大な足跡をしるしづけてきた老作家の述懐として読める。それぞれ「創作ノート」は一九八二年から三年にかけての『古井由吉　作品』（全七巻、河出書房新社）の、「半自叙伝」は二〇一二年の『古井由吉自撰作品』（全八巻、河出書房新社）の月報に付された回想をまとめたものである。付録の月報とはにわかに信じがたい興味深い記述が続く。

しかし、それだけではない。一九六九年に発表された最初期のエッセイ「私のエッセイズム」から二〇一〇年の筆者との対談に到るまで、一貫して古井氏はみずからの作品において小説や批評、そして詩などのジャンル区分を許容しないと明言している。すると、この『半自叙伝』の「半」は、自叙伝というジャンルへの安住に対する克明な拒絶でありうる。とすると、どういうことになるだろうか。

古井由吉は長きにわたって、「災厄」の作家だとは考えられてこなかった。実際には、作品のそこかしこに、あからさまに空襲と殺戮と避難の記憶が割って入り、その文章の道行きのすみずみにまで、その余韻はひびいていたというのに。

しかし本稿においてその「災厄の作家」としての相貌は歴然である。「関東大震災の十三年後に生まれた」ゆえに「震災前とか震災後とか、関東大震災のことを大人たちが口にするのを、幼い内からよく耳にしていた」という最初の記述は、即座に「空襲」という「高度に組織化された殲滅戦」の、「いきなり露呈した非現実」の体験の描写に移り、「我が家の燃えるのをまのあたりにした人間たち」の一人としてみずからを名指すまでになる。

その「非現実」の、異常時のただなかにこそ、奇妙な「無事」の「けだるいような平穏」があらわれるのを克明に描き出していく。これは実は本書のみならず氏の一貫したテーマの一つだが、今は措く。

そして「半自叙伝」は、この三月十日の深川大空襲とあの三月十一日の災厄、つまり東日本大震災を重ねて終わる。こうだ。

工事が盛りをまわりかけた頃、猛暑はまだゆるまなかったが、日の暮れに散歩に出ると、梢を渡る風が秋めいて、その風に運ばれて、蜩の声が聞こえてきた。蜩の声は敗戦の夏の終りに、母親の郷里にまで落ちのびていた私にとって、帰心をしきりにそそったものだった。帰心と言っても、家は焼き払われて、帰るところもなかった。

翌年の三月、六十六年前の本所深川の大空襲の翌日、短篇連作の「蜩の声」の七回目の作品を書いている最中の午後の三時頃、眩暈かと思ったら、底から揺れ出した。机に向かったまま感じ測るうちにも、横揺れが奔放になり、これは感受の限界を超えるかと息を呑んだ瞬間もあったが、その境の手前まで来て切迫はゆるんで、そのかわりにいつまでもいつまでも、敵の編隊が近づいて遠ざかるほどの、幼年と老年との間を魂が往復しそうなほどの長さにわたって揺れつづけた。

災厄から別の災厄へ。――しかし古井氏は災厄のみを書かない。特権的な非日常とやらを、俗耳にはいりやすい災厄だけを書くことは、しない。そうなら、災厄があるところ世界中をめぐりめぐってルポルタージュを書く、凡庸な作家の一人にすぎなくなろう。作品のために災厄を必要とする作家になり果てよう。「被災者」古井由吉は、そのような姿を拒んでいる。そうではなく、ひとつひとつの、表層のみ見れば安穏としてもいよう生の瞬間そのものが、災厄の後であり、災厄の前であり、そして、――災厄の只中であることすらを、氏は書き出してきたのだった。このけだるい、今の今ですら、災厄の前であり後であり、只中であろうはずである。その前兆であり、その余響であるはずである。すでに見たように、空襲の只中に「けだるさ」を見てきて、彼はその日々のけだるさが、戦後ずっと今まで続いているのかもしれないとすら言っていたのだった。ここに、古井氏の小説に一貫して独特の「訝《いぶか》り」と「あやしみ」が突出してくる（「既視感」もこれと同種の古井小説の重要なテーマであるが、詳論するには紙幅が足りない。寛恕を乞う）。本書でも、朝鮮戦争後、「死の影がいつのまにか遠のいたというところか」とつぶやきながら「気楽な心で街を歩いている」自分に驚き、「しかし以前と今と、どちらが実相なのか、という訝りは後々まで持ち越されて、折りに触れては出てくる」（傍点筆者）という箇所がある。

　これはわれわれの訝りであり、あやしみである。あれだけのことがあったのだ。あれだけの災厄であった。あれだけの悲惨であり、不安であり、動揺であり、残虐であり、恐慌であり、非道であった。いや、今でもそれはある、続いている。明日にもまた起こる。いやもっと、惨《むご》いことが、おそらく。なのに、あなたは群衆のなか、群衆のひとりとして駅に降り立ち、周囲をひとわたり見渡して、今日もつぶやくのだ。なぜ、こうなのか。どうして、自分も皆も、何事もなかったかのように、平気な顔をして歩いている。こうであることが、当然であるような顔をして、飯を食い、酒を飲み、交わって、子まで生《な》しているのだ——。このような深い「訝り」「あやしみ」に、一度でも心を攫われなかった者がいようか。しかし、この「訝り」「あやしみ」そして「既視感」こそが、古井由吉という作家が四十年以上にわたって書き、語り続けて来たことなのだ。そうだ、氏はいつか、みずからの作家としての根本動機として、「怒り」を挙げていたではないか。

そしてすでに引いた「私のエッセイズム」で三十二歳の氏が語るとおり、「もう一度はじめから自分自身の手で創ってみてやろう」と考える者は、その「数かぎりない試行」としての創作の過程でそのつどみずからの選択を「途方に暮れた作者の、途方に暮れた恣意にすぎないのではなかろうか」と疑う問いに苛まれずにはおれない。「一粒の恣意をその中に置くと、空無はいよいよ空無になりまさっていく」。そう、古井由吉は、われわれの生の恣意と空無を、創作自体の、無限の試行の恣意と空無に重ね合わせて生き続けてきた作家であり、だからこそ比肩するもののない稀有な作家なのだ。生の恣意が、創作の恣意そのものであること。それはあらゆる自堕落や安易を拒み続けることであって、これを生き延びることは、決してたやすいわざではない。決して。

こうして、古井由吉の作品は、万人の歌になる。この訝りとあやしみを生き抜いて来なかった者が、この地上のどこにいよう。世界戦争の後で、そしてそのあとの変転のなかで、古井由吉の作品はありとあらゆる人類の鳴りどよもす唱和を無限に誘うものに、すべての者たちに開かれたものになっている。なぜ氏の作品が、「内向の世代」

「私小説」「自然主義」「難解」などと呼ばれなければならなかったのか、私は理解しないし、するつもりもない。すべてその逆であり、——古井由吉が「私」と発話するときに、氏は顔を失っている。彼はどこにでもいる。彼はいつの時代にもいる。彼は誰でもない、しかし誰でもある。彼は若く、そして老いている。彼は途方もなく激昂しており、彼は高らかに哄笑している。しかし、誰なのかわからない、誰でもない誰かとして、彼は立っている。だから彼の作品は、あなたの話なのだ。あなたの。

ただこの男の右手には、筆が握られている。左手には一摑みの紙の束が。
そして彼は、それらを使いこなす術を心得ている。

——古井由吉を最後に、日本近代「小説」はひとたび終わるかもしれない。そうなのだろう、おそらくは。しかしそれは「文藝」の終わりを全く意味しない。われわれに歌と舞があるかぎり、それは決して滅びない。そして歌と舞を知らぬ人類などありえない。「歌があれば、永遠も恐れるものではない」(古井由吉)。それはどこまでも途上に、「道」の「半ば」にあって近くまた遠い。
ただ、これだけは言える。われわれはふたたびそう来はしないひとつの美しい時代の、その最期の瞬間にいるのではないかと。

しかしここにいる老作家は、その手にある一本の筆を、われわれに手渡すつもりだ。まだ。こうして。

（哲学者・作家）

［初出］　＊本書は二〇一三年三月に、単行本として弊社より刊行されました。

Ⅰ

半自叙伝

戦災下の幼年『古井由吉自撰作品　一』月報1（河出書房新社／二〇一二年三月）

闇市を走る子供たち『古井由吉自撰作品　六』月報2（同前／二〇一二年四月）

蒼い顔『古井由吉自撰作品　五』月報3（同前／二〇一二年五月）

雪の下で『古井由吉自撰作品　四』月報4（同前／二〇一二年六月）

道から逸れて『古井由吉自撰作品　七』月報5（同前／二〇一二年七月）

吉と凶と『古井由吉自撰作品　二』月報6（同前／二〇一二年八月）

魂の緒『古井由吉自撰作品　三』月報7（同前／二〇一二年九月）

老年『古井由吉自撰作品　八』月報8（同前／二〇一二年一〇月）

Ⅱ

創作ノート

初めの頃『古井由吉 作品　一』（河出書房新社／一九八二年九月）

駆出しの喘ぎ『古井由吉 作品　二』（同前／一九八二年一〇月）

やや鬱の頃『古井由吉 作品　三』（同前／一九八二年一一月）

場末の風『古井由吉 作品　四』（同前／一九八二年一二月）

聖の祟り『古井由吉 作品　五』（同前／一九八三年一月）

厄年の頃『古井由吉 作品　六』（同前／一九八三年二月）

秋のあはれも身につかず『古井由吉 作品　七』（同前／一九八三年三月）

もう半分だけ　単行本書き下ろし

半自《はんじ》叙伝《じょでん》

二〇一七年 二 月一〇日　初版印刷
二〇一七年 二 月二〇日　初版発行

著　者　古井《ふるい》由吉《よしきち》
発行者　小野寺優
発行所　株式会社河出書房新社
〒一五一－〇〇五一
東京都渋谷区千駄ヶ谷二－三二－二
電話〇三－三四〇四－八六一一（編集）
〇三－三四〇四－一二〇一（営業）
http://www.kawade.co.jp/

ロゴ・表紙デザイン　粟津潔
本文フォーマット　佐々木暁
本文組版　KAWADE DTP WORKS
印刷・製本　中央精版印刷株式会社

Printed in Japan ISBN978-4-309-41513-0

歌謡曲春夏秋冬　音楽と文楽
阿久悠　40912-2

歌謡曲に使われた言葉は、時代の中でどう歌われ、役割を変えてきたのか。「東京」「殺人」「心中」等、百のキーワードを挙げ、言葉痩せた今の日本に、息づく言葉の再生を求めた、稀代の作詞家による集大成！

狐狸庵交遊録
遠藤周作　40811-8

類い希なる好奇心とユーモアで人々を笑いの渦に巻き込んだ狐狸庵先生。文壇関係のみならず、多彩な友人達とのエピソードを記した抱腹絶倒のエッセイ。阿川弘之氏との未発表往復書簡収録。

狐狸庵食道楽
遠藤周作　40827-9

遠藤周作没後十年。食と酒をテーマにまとめた初エッセイ。真の食通とは？　料理の切れ味とは？　名店の選び方とは？「違いのわかる男」狐狸庵流食の楽しみ方、酒の飲み方を味わい深く描いた絶品の数々！

狐狸庵動物記
遠藤周作　40845-3

満州犬・クロとの悲しい別れ、フランス留学時代の孤独をなぐさめてくれた猿……。楽しい時も悲しい時も、動物たちはつねに人生の相棒だった。狐狸庵と動物たちとの心あたたまる交流を描くエッセイ三十八篇。

狐狸庵読書術
遠藤周作　40850-7

読書家としても知られる狐狸庵の、本をめぐるエッセイ四十篇。「歴史」「紀行」「恋愛」「宗教」等多彩なジャンルから、極上の読書の楽しみ方を描いた一冊。愛着ある本の数々を紹介しつつ、創作秘話も収録。

狐狸庵人生論
遠藤周作　40940-5

人生にはひとつとして無駄なものはない。挫折こそが生きる意味を教えてくれるのだ。マイナスをプラスに変えられた時、人は「かなり、うまく、生きた」と思えるはずである。勇気と感動を与える名エッセイ！

大人のロンドン散歩　在英40年だから知っている魅力の街角

加藤節雄　41147-7

ロンドン在住40年、フォトジャーナリストとして活躍する著者による街歩きエッセイ。ガイドブックにはない名所も紹介。70点余の写真も交えながら、歴史豊かで大人の雰囲気を楽しめる。文庫書き下ろし。

巴里の空の下オムレツのにおいは流れる

石井好子　41093-7

下宿先のマダムが作ったバタたっぷりのオムレツ、レビュの仕事仲間と夜食に食べた熱々のグラティネ――一九五〇年代のパリ暮らしと思い出深い料理の数々を軽やかに歌うように綴った、料理エッセイの元祖。

東京の空の下オムレツのにおいは流れる

石井好子　41099-9

ベストセラーとなった『巴里の空の下オムレツのにおいは流れる』の姉妹篇。大切な家族や友人との食卓、旅などについて、ユーモラスに、洒落っ気たっぷりに描く。

わたしの週末なごみ旅

岸本葉子　41168-2

著者の愛する古びたものをめぐりながら、旅や家族の記憶に分け入ったエッセイと写真の『ちょっと古びたものが好き』、柴又など、都内の楽しい週末“ゆる旅”エッセイ集、『週末ゆる散歩』の二冊を収録！

終着駅

宮脇俊三　41122-4

デビュー作『時刻表２万キロ』と『最長片道切符の旅』の間に執筆されていた幻の連載「終着駅」。発掘された当連載を含む、ローカル線への愛情が滲み出る、宮脇俊三最後の随筆集。

自転車で遠くへ行きたい。

米津一成　41129-3

ロードレーサーなら一日100㎞の走行は日常、400㎞だって決して夢ではない。そこには見慣れた景色が新鮮に映る瞬間や、新しい出会いが待っている！　そんな自転車ライフの魅力を綴った爽快エッセイ。

むかしの汽車旅

出久根達郎〔編〕　41164-4

『むかしの山旅』に続く鉄道アンソロジー。夏目漱石、正岡子規、泉鏡花、永井荷風、芥川龍之介、宮澤賢治、林芙美子、太宰治、串田孫一……計三十人の鉄道名随筆。

人生作法入門

山口瞳　41110-1

「人生の達人」による、大人になるための体験的人生読本。品性を大切にしっかり背筋を伸ばして生きていきたいあなたに。生き方の様々なヒントに満ちたエッセイ集。

七十五度目の長崎行き

吉村昭　41196-5

単行本未収録エッセイ集として刊行された本の文庫化。取材の鬼であった記録文学者の、旅先でのエピソードを収攬。北海道〜沖縄に到る執念の記録。

新東海道五十三次

井上ひさし／山藤章二　41207-8

奇才・井上ひさしと山藤章二がコンビを組んで挑むは『東海道中膝栗毛』。古今東西の資料をひもときながら、歴史はもちろん、日本語から外国語、果ては下の話まで、縦横無尽な思考で東海道を駆け巡る！

大人の東京散歩　「昭和」を探して

鈴木伸子　40986-3

東京のプロがこっそり教える情報がいっぱい詰まった、大人のためのお散歩ガイド。変貌著しい東京に見え隠れする昭和のにおいを探して、今日はどこへ行こう？　昭和の懐かし写真も満載。

味を追う旅

吉村昭　41258-0

グルメに淫せず、うんちくを語らず、ただ純粋にうまいものを味わう旅。東京下町のなにげない味と、取材旅行で立ち寄った各地のとっておきのおかず。そして酒、つまみ。単行本未収録の文庫化。

夫婦の散歩道

津村節子　41418-8

夫・吉村昭と歩んだ五十余年。作家として妻として、喜びも悲しみも分かち合った夫婦の歳月、想い出の旅路…。人生の哀歓をたおやかに描く感動のエッセイ。巻末に「自分らしく逝った夫・吉村昭」を収録。

人生の収穫

曾野綾子　41369-3

老いてこそ、人生は輝く。自分流に不器用に生き、失敗を楽しむ才覚を身につけ、老年だからこそ冒険し、どんなことでも面白がる。世間の常識にとらわれない独創的な老後の生き方！ベストセラー遂に文庫化。

人生の原則

曾野綾子　41436-2

人間は平等ではない。運命も公平ではない。だから人生はおもしろい。世間の常識にとらわれず、「自分は自分」として生き、独自の道を見極めてこそ日々は輝く。生き方の基本を記す38篇、待望の文庫化！

本の背中　本の顔

出久根達郎　40853-8

小津文献の白眉、井戸とみち、稲生物怪録、三分間の詐欺師、カバヤ児童文庫……といった（古）本の話題満載。「四十年振りの大雪」になぜ情報局はクレームをつけたのか？　といった謎を解明する本にも迫る。

四百字のデッサン

野見山暁治　41176-7

少年期の福岡での人々、藤田嗣治、戦後混沌期の画家や詩人たち、パリで会った椎名其二、義弟田中小実昌、同期生駒井哲郎。めぐり会った人々の姿と影を鮮明に捉える第二六回エッセイスト・クラブ賞受賞作。

映画を食べる

池波正太郎　40713-5

映画通・食通で知られる〈鬼平犯科帳〉の著者による映画エッセイ集の、初めての文庫化。幼い頃のチャンバラ、無声映画の思い出から、フェリーニ、ニューシネマ、古今東西の名画の数々を味わい尽くす。

寄席はるあき

安藤鶴夫〔文〕　金子桂三〔写真〕　40778-4

志ん生、文楽、圓生、正蔵……昭和三十年代、黄金時代を迎えていた落語界が今よみがえる。収録写真は百点以上。なつかしい昭和の大看板たちがずらりと並んでいた遠い日の寄席へタイムスリップ。

わたしの寄席

安藤鶴夫　40900-9

生涯を昭和の寄席と苦楽をともにした安藤鶴夫の多様で深い魅力を伝える名著。愛する芸人たちの肖像を時代のぬくもりとともに伝え、落語の楽しみ方をあたかも落語のように語り、古典落語をあざやかに再現。

あちゃらかぱいッ

色川武大　40784-5

時代の彼方に消え去った伝説の浅草芸人・土屋伍一のデスペレートな生き様を愛惜をこめて描いた、色川武大の芸人小説の最高傑作。他の脇役に鈴木桂介、多和利一など。シミキンを描く「浅草葬送譜」も併載。

寄席放浪記

色川武大　40832-3

席亭になるのがゆめだった色川少年が、思う存分聞き、見たかった、思い入れのある懐かしい落語家、芸人の想い出の数々。

私の出会った落語家たち　昭和名人奇人伝

宇野信夫　40879-8

浅草橋場育ちの落語通であった著者の家には、貧乏時代の噺家が多く集った。生涯の友とも言うべき古今亭志ん生や、文楽、圓太郎、彦六、圓生、里う馬、可楽など、二十四人の名人奇人との交流、エピソード。

花は志ん朝

大友浩　40807-1

華やかな高座、粋な仕草、魅力的な人柄――「まさに、まことの花」だった落語家・古今亭志ん朝の在りし日の姿を、関係者への聞き書き、冷静な考察、そして深い愛情とともに描き出した傑作評伝。

忘れえぬ落語家たち

興津要　40885-9

落語研究の第一人者が、忘れえぬ昭和の二十人の寄席芸人の想い出を綴る。春団治、志ん生、文楽、金馬、彦六、円生、三木助から、金語楼、歌笑、馬生、三平まで。昭和の名人の芸風と人間味を今に伝える。

志ん生芸談

古今亭志ん生　41130-9

昭和の大名人志ん生師匠の話芸。何度聴いてもいい修業・地方巡業話の変奏から、他では読めない珍しい話も。「なめくじ艦隊」「びんぼう自慢」に飽き足りない人も必読。

志ん朝のあまから暦

古今亭志ん朝／齋藤明　40753-1

「松がさね」「七草爪」「時雨うつり」……、今では日常から消えた、四季折々の行事や季語の世界へ、粋とユーモアあふれる高座の語り口そのままに、ご存じ古今亭志ん朝がご案内。日本人なら必携の一冊。

世の中ついでに生きてたい

古今亭志ん朝　41120-0

志ん朝没後十年。名人の名調子で聴く、落語の話、芸談、楽屋裏の話、父志ん生の話、旅の話、そして、ちょっといい話。初めての対談集。お相手は兄馬生から池波正太郎まで。

圓生の落語1　双蝶々

三遊亭圓生　宇野信夫〔監修〕　41000-5

巧みな人物描写、洗練された語り口で、今なお名人の名を不動のものとする、三遊亭圓生の名演集。表題作「双蝶々」他、「ちきり伊勢屋」「札所の霊験」「梅若礼三郎」「お若伊之助」の全五篇を収録。

圓生の落語2　雪の瀬川

三遊亭圓生　宇野信夫〔監修〕　41005-0

恋の情景を抒情豊かに描いた表題作「雪の瀬川」、三遊亭圓朝作の怪談噺「乳房榎」他、「髪結新三」「吉住万蔵」「刀屋」「左甚五郎」の六篇を収録。名人の粋がたっぷり味わえる圓生名演集・第二弾。

ちんちん電車

獅子文六 40789-0

昭和のベストセラー作家が綴る、失われゆく路面電車への愛惜を綴ったエッセイ。車窓に流れる在りし日の東京、子ども時代の記憶、旨いもの……。「昭和時代」のゆるやかな時間が流れる名作。

適当教典

高田純次 40849-1

老若男女の悩みを純次流に超テキトーに回答する日本一役に立たない（？）人生相談本！　ファンの間で“幻の名（迷）著”と誉れ高い『人生教典』の改題文庫化。

闇の中の系図

半村良 40889-7

古代から日本を陰で支えてきた謎の一族〈嘘部〉。〈黒虹会〉と名を変えた彼らは現代の国際社会を舞台に暗躍し、壮大な「嘘」を武器に政治や経済を動かし始めた。半村良を代表する〈嘘部〉三部作遂に登場！

闇の中の黄金

半村良 40948-1

邪馬台国の取材中に津野田は、親友の自殺を知らされる。マルコ・ポーロ・クラブなる国際金商人の怪しげな動き。親友の死への疑問。古代の卑弥呼と現代の陰謀が絡み合う。巨匠の傑作長篇サスペンス！

ロッパ食談　完全版

古川緑波 41315-0

1951年創刊の伝説の食べもの冊子『あまカラ』連載された「ロッパ食談」をはじめて完全収録。ただおもしろいだけじゃない、「うまいもの」「食べること」への執念を感じさせるロッパエッセイの真髄。

外道忍法帖

山田風太郎 40740-1

切支丹の秘宝を巡る三つ巴の死闘！　天正使節団がローマ法王より下賜された百万エクーの金貨の行方を追って、天草忍者十五人×甲賀忍者十五人×大友忍法を身につけた童女十五人の壮絶な死闘の幕があがった！